文春文庫

紫紺のつばめ

髪結い伊三次捕物余話

宇江佐真理

文藝春秋

目次

紫紺のつばめ　髪結い伊三次捕物余話

紫紺のつばめ

一

甘酒色の月が東の空にぼんやり浮かんでいた。空はまだすっかり暮れてはおらず、深川八幡の境内に植わっている樹々《きぎ》も石畳の上に薄墨色の影を落としている。とっぷり陽が暮れてしまうと、樹々も石畳も、いや、八幡宮の、どでかい社《やしろ》さえも漆のような闇に溶け、永代通りは料理茶屋の煌々《こうこう》とした軒行灯《のきあんどん》と切見世《きりみせ》（最下級の遊女屋）の蛍火のような灯りに彩られる夜の顔になる。

深川芸者のお文《ぶん》もまた、お座敷勤めの夜の顔で出《で》の衣裳の褄《つま》をとる。

寒くはなかった。かと言って格別暖かいという訳でもない。梅は終わってしまったが、桜の開花には少し間があった。

翌日は雨にでもなるのだろうか。頭上の朧《おぼ》ろな月のように、ぼんやりとしてどこか捉えどころのない夜だった。

そんな夜は得てしてあまりいいことは起こらないものだとお文は思う。手が滑って盃を取り落とし、着物にシミを造ったり、酒癖の悪い客に絡まれたり、茶屋の梯子段《はしごだん》を踏み損ねて足首を挫《くじ》いたり……長い芸者生活の経験から感じるところは多い。

それでも休む訳には行かない。ひと晩のお座敷をきっちり勤めてこそ、深川芸者の文《ぶん》吉《きち》なのだから。

お文は花紫の着物に献上博多の下げ帯という衣裳で、その夜のお座敷のある「平清《ひらせい》」に向かっていた。平清は深川では一、二を争う料理茶屋だった。

お文の後ろから錦で包んだ三味線を抱えて女中のおみつが続いていた。お文を茶屋まで送るのだ。お文を送るとおみつはすぐに蛤《はまぐり》町の家に戻ってしまう。他の芸者衆の女中のように、お座敷が終わるまで内所《ないしょ》（経営者の居室）でじっと待つことはなかった。

おみつを雇ってすぐの頃は、それでも何度か待たせたことはあった。おみつはまだ十二歳でお文のお座敷が終わった頃には我慢できずに柱に凭《もた》れて舟を漕いでいた。その姿があまり不憫《ふびん》なものだからお文は待たせるのをやめてしまったのだ。帰りは朋輩《ほうばい》芸者達と連れ立って帰ったり、誰もいなければ茶屋の男衆に送ってもらう。男衆はできるだけ年寄りを頼んだ。若いのになると暗がりで手を握ったり、図々しくも唇を吸おうとする輩もいたからである。不便を感じてもおみつを帰してしまうところが朋輩芸者達に文吉姐《ねえ》さんは奉公人に甘い、と言われるのだろう。

女中はおみつで四人目だった。最初は年寄りの女でお文が若かったせいもあろうが、やたら口うるさかった。仕舞いにはどっちが雇い主なのかわからなくなるあり様だった。世話になっていた旦那に口添えを頼んで、ようやく辞めてもらった。次は通いで近くの指し物師の女房に頼んだ。今度は食べ物がなくなることが多くなった。米櫃《こめびつ》から米をくすねているのを見てお文が文句を言うと翌日から来なくなった。三人目はお文と同い年で、実家が羽田村で漁師をしている娘だった。こちらはお文の着物や簪《かんざし》に興味を示し、お文の留守にそっと身に纏《まと》っている様子があった。それだけなら許せたが、それを着て外出するようになったのには困った。文句を言うと泣かれた。

もうもう女中などこりごりだと思った。

しかし、夜はお座敷があるので毎度留守にするのは物騒だ。茶屋のお内儀《かみ》も町役も心配した。それで深川を縄張にしている岡っ引きの増蔵の肝煎《きもい》りでおみつを雇うことにしたのだが、内心では渋々だったのだ。

お文はおみつにさほどの期待は掛けていなかった。期待しては裏切られて来たから、最初から何も望まなければ腹の立つことも起こらないはずだと妙に悟ったような気持ちでいた。

肩の力が抜けたやり方がよかったのだろうか。おみつは思いがけず、よい女中だった。とにかくよく働く娘だった。台所の手際もよかった。こましゃくれたところがあって、お文の気持ちを先回りして考えるのが欠点と言えば欠点だが、それも性格の明るさに救われて嫌味に思えるほどではない。今ではおみつを妹のようにお文は思っていた。だからおみつにお嫁に行くのでお暇を下さいと言い出されることがお文には、いっとう怖いことに思えるのだった。

「姉さん、今夜のお座敷は材木屋の寄合《よりあい》と言ってましたよね?」

お文の背中におみつが声を掛けた。

「ああそうだよ。それがどうかしたかえ?」

お文は振り返って、おみつのおでこの広い愛嬌のある顔に微笑《ほほえ》んだ。その拍子に伊三次から貰った結《むす》び文《ぶみ》の簪がシャランと微《かす》かな音を立てた。伊三次は廻り髪結いをしていてお文とは三年越しの付き合いになる男だった。

「伊勢屋さんもいらっしゃるのでしょう?」

「ああ、多分ね」

伊勢屋は材木仲買人の伊勢屋忠兵衛のことだった。仲間内では「伊勢忠《いせちゅう》」と呼ばれている。ひそかにお文に思いを寄せていて、お文の世話をしたいと、これまでに幾度となく茶屋のお内儀に申し入れていた経緯《いきさつ》があった。

お文がその話に全く耳を貸さなかったのは伊三次がいるせいではなく、忠兵衛が以前に世話になっていた旦那の息子に当たる男だったからだ。いくら芸者と客の金絡みの話だとしても、人の道に外れることだ。ここしばらく、忠兵衛はしつこくお文には言って来ていない。いい按配だと思っていたところである。だが、お座敷で顔を合わせれば、またぞろ悪い虫が騒ぐのではないかとおみつは心配しているのだ。

「姉さん、大丈夫？」

「余計な心配をしなくていいよ。これでも羽織芸者の文吉姐さんだ。酔っ払いをいなすのはお手の物さ」

お文はおみつにそう言った。しかし、お文は忠兵衛がどうして自分にいつまでも執着するのかを怪しむようになっていた。忠兵衛はこれまで女と浮名を流したことはなかった。

家業にも身を入れて励んでいる。今の伊勢屋は先代の頃より太い商いをしていると評判だった。それは、先代が忠兵衛に仲買いのいろはから徹底的に教え込んだ賜物でもあろうが。

三十六歳の忠兵衛にもちろん妻子はいた。

外に女の一人や二人を囲う器量は今の忠兵衛には充分あるとお文も認めている。その女が自分でなければならない理由をお文は訝《いぶか》しむのだ。

「これが逆だったら、うんといいのですけれどね」

おみつは独り言のように呟《つぶや》いた。

「何んだえ？」

「伊勢屋の旦那が兄さんだったらって……」

「馬鹿だね、そんなこと」

「兄さんは確かに髪結いとして腕は立つし心根も優しい。ちょっとした男前だから姉さんが好きになる気持ちはあたしだってわかるんですよ。でもね……」

「でも何んだえ？」

「いえ、いいんです。それを言っちゃ、兄さんが可哀想だもの」

お文は立ち止まっておみつの顔を覗き込んだ。「遠慮はいらないよ。はっきり言っておくれ」

「姉さん、怒らない？」

「怒らないよ」

「本当に怒らない？」

「怒らないよ」

お文の眼が優しく細められた。おみつの一所懸命な表情が可愛かった。

「兄さんはお金持ちじゃない」

「………」

お文は表情を変えなかったが胸の奥ではコツンと塊《かたまり》ができた気がした。茶屋の主《あるじ》にもお内儀にも何ほどそれは言われたことだろう。

世の中、銭がすべてじゃないわと啖呵《たんか》を切って気を張って今までやって来た。家もある。借金もない。おみつの給金を払って着る物、食べる物には事欠かずに暮していた。けれど先代に世話になっている頃から比べたら、やはり余裕というものはなかった。一番身近にいるおみつは、伊三次が銭を出してくれる男ではないことをとっくに気づいていた。だがお文は笑いにごまかして「本当に伊三さんは銭のない男だよねえ」とすぐに前を向いて歩き出していた。おみつが消え入りそうな声で「姉さん、ごめんなさい」と謝った。

謝られてなおさらお文は惨めになった。

数寄屋造りの平清は深川八幡の傍にあった。広い庭に沿って長い塀をめぐらしてある。店の玄関はその塀よりも奥まった所にある。ちょうど塀と塀の間に挟まれる感じだった。敷居まで届く堂々とした柿色の暖簾が人の眼を惹く。駕籠《かご》が店前に一挺、二挺とそろそろ着き始め、紋付羽織姿に衣裳を調えた木場の材木商が貫禄のある身のこなしでその暖簾を掻き分けて行く。お文は衣紋《えもん》を取り繕《つくろ》った。

「おみつ、寄り道をしないでお帰りよ。戸締まりを忘れずにね？」

「あい、姉さん」

おみつから渡された三味線を胸に抱えてお文は背筋を伸ばした。そこからは蛤町のお文ではなく、深川芸者の文吉だった。

二

材木組合の寄合はいつもながら盛会だった。

材木商は紀文《きぶん》（紀伊国屋文左衛門）や奈良茂《ならも》（奈良屋茂左衛門）の例を出すまでもなく、昔から何事につけ金の遣い方が派手であった。

お座敷も華やかで、呼ばれた芸者衆も十人を越えていた。土地柄、すべて深川芸者で纏《まと》められていた。極上の客の集まりであることは言うまでもない。寄合では相場を壊すような商いをお互いに諌めることから始まり、近頃の材木の事情なども報告された。言わばその筋の情報交換の場である意味合いが強い。寄合の長は回り持ちで、今年は三好町の須原屋の若旦那が務めていた。芸者衆の他に土地の幇間《ほうかん》が一人呼ばれて、難しい話が終わった後の宴会では滑稽な仕方噺《しかたばなし》をしたり、百面相を披露したりと座を盛り上げていた。最後は一同、手締めをして散会になるのがいつものことだった。

お文は最後の客が駕籠に乗り込むまで外に出て他の芸者衆と一緒に見送った。いつもより過分な祝儀を手にして、翌日は久しぶりにおみつに鰻でも奢ってやろうと算段していた。

芸者衆はぞろぞろと外から店に入り、主とお内儀に挨拶をして帰るばかりだった。先刻までの大袈裟な笑い声は鳴りを鎮め、ひそひそと内輪話に摩《す》り換わっていた。

内所の前に平清のお内儀が立っていた。お文を認めると手招きして「ご苦労様。お客様がお待ちだよ」と二階に向けて顎をしゃくった。その顎には大きな黒子《ほくろ》があった。

お内儀のお鯉《こい》は薄紫の一つ紋の着物で、その着物の裾を引き摺《ず》っているのも店の格式を感じさせた。はすに締めた御納戸茶緞子《おなんどちゃどんす》の帯は惚れ惚れするほどいい。頭には飴色の鼈甲《べっこう》の笄《こうがい》がすっと挿し込まれている。その笄一本が五十両は下らない品であることをお文は知っていた。

「どちらのお客様でござんしょう？　別に今夜は約束した覚えはござんせんが」

「伊勢忠の旦那」

「………」

お鯉は他の茶屋のお内儀とは貫禄が違った。その物言いには有無を言わせぬものがある。

「お内儀さん、それだけは勘弁して下さいな。あのお人とは色々訳ありで……」

「聞いているよ。だけど文吉、これはあんたの仕事の内じゃないか。贔屓《ひいき》の客には愛想よく振る舞うのが利口というものだ。別に御祝儀《おはな》もいただいておいたからね」

お鯉はそう言って祝儀袋をお文の帯の間にねじ込んだ。お鯉は普段でもお文を文吉、とか文吉姐さんとか権兵衛名《ごんべえな》でしか呼ばなかった。常にお文に芸者であることを自覚させるのだ。その辺は茶屋のお内儀として徹底していた。

「お座敷には銭が撒いてあると思やいいのさ。そのぐらいの才覚はお前さんにだってあるだろう？　話を聞いておやり。ただそれだけのことじゃないか。伊勢忠だって、この平清で下手な真似はするものか。あたしを信じて。悪いようにはしないからさ」

お鯉はそう言って笑顔千両と評判の笑顔をお文に見せた。お文は唇を噛み締めると二階の小部屋に通じる梯子段をゆっくりと上って行った。


客の引けた平清はさっきまでの喧騒が嘘のように静まっていた。奥の部屋からしっとり三味の音色が聞こえていた。間夫《まぶ》とつかの間の逢瀬を楽しむ朋輩芸者の顔がお文の頭に浮かんだ。今吉《いまきち》か喜久壽《きくじゅ》だろうか。そのはかないような幸福の時間がその時のお文には羨ましくてならなかった。

「文吉でござんす」

黒光りするほど磨き込まれた廊下に座ってお文は襖の中に声を掛けた。すぐに「お入り」と返答があった。声音は優しいがその眼は決して笑うことがない男である。お文は座敷の中に入り襖を閉めると「いつもご贔屓いただいてありがとう存じます」と丁寧に三つ指を突いて挨拶した。

四畳半の小さな部屋だった。忠兵衛は床の間を背にして手酌でゆっくりと酒を飲んでいた。さほど酔っているようには見えなかった。

「さあさ、堅苦しい挨拶は抜きにしてこっちにいらっしゃい。よく来てくれたね。わたしはまた袖にされるのかと大いに心配していたのだよ」

「畏れ入ります」

お文は畳に両の拳を突いて忠兵衛の傍ににじり寄った。床の間には江戸の名高い絵師、歌丸《うたまる》（歌麿）の美人絵の掛け軸が飾られ、その下には備前の壺に親指の先ほどの水仙が三本投げ込まれていた。水仙の可憐さがお文の眼を惹いた。

お文は銚子を取り上げて忠兵衛の盃に酌をした。忠兵衛の眼が怖いほどお文を見つめた。

息苦しかった。濃い眉、ぎろりと人を見る眼、がっちりした鼻、その下にある唇が紅を差したように赤く見えた。髭の剃り痕が青々としている。存外に色白の男だった。

「旦那、来た早々何んでござんすが、あのお話でしたら平にご勘弁を」

「わかっているよ。宝来屋《ほうらいや》（深川の料理茶屋）のお内儀にも魚花《うおはな》（日本橋の塩魚問屋）のお内儀にもそれはなしだと言われている。ああ、魚花のおすみさんは気の毒なことだったねえ」

忠兵衛の口から魚花のおすみの名が出てお文は眼を伏せた。魚花のおすみは亭主殺しの罪で昨年お裁きを受けた。おすみはお文の先輩に当たる芸者だった。

「その話はよして下さいまし。わっちは思い出すだけで辛くなる」

「悪かった。人の気持ちを考えずに思った通りのことをずけずけ言うのはわたしの悪い癖だ。死んだ親父によく言われたものだ」

「………」

「親父が死んだ時、あんたは幾つだった？」

「十九でした」

「親父が世話をしている女《ひと》が若いとは聞いていたが、弔いに来たあんたを見て、わたしは心底驚いたものだ。まるで親父が外で拵《こしら》えた娘じゃないかと勘繰ったものだよ。……あの時はよく来てくれたねえ」

「とんでもございません。場違いだと追い払われるのを覚悟の上でしたもの、お焼香を許していただいてお礼を言うのはこっちの方でござんす」

「桜が咲いていたね？　帰って行くあんたの肩に桜の花びらがハラハラと降って、わたしはまるで絵を見ているような心地がしたものだよ」

お文は黙って忠兵衛の話を聞いていた。あれは深川の浄心寺《じょうしんじ》だった。先代、伊勢屋伝兵衛の温顔がぼんやりと思い出された。

「仕事一途《いちず》の親父だった。さほど酒も飲まず、庭いじりが唯一の趣味と言えたかも知れない」

「わっちの家の庭木も先代がぽつぽつ買って植えたものばかりですよ。今は伸びるにまかせていますけど……」

「もったいないねえ。あの庭は手入れしていればちょっとしたものだったのに」

「申し訳ござんせん」

「謝ることはない。この節、植木屋の手間賃も馬鹿にならないからね」

「……」

植木屋の手間賃を惜しんでそうしていた訳ではなかった。庭の手入れにお文は興味がないだけの話なのだ。まるでこちらの懐具合を先回りしているような物言いだった。

「わたしはお袋が死んだ後であんたの世話を始めた親父を恨んではいないよ。親父だって男の端くれだ。そういうことになっても仕方がないと思っていた。それだけの分別はわたしにもついていたからね。だが、あんたをこの眼で見てから親父の本意というものがわたしにもわかった気がしたよ」

「どういうことです？」

「あんたは親父にとって無垢な一本の木だったのさ。切り刻んで材木にするには惜しい。そうだねえ、物は杉でも檜でもいいが、まあ……檜だろうね。姿も美しく節《ふし》もちょうどいい具合にあって、そいつの表面を根気よく磨いて艶を出し、照りを掛けてお誂《あつら》え向きの床柱《とこばしら》に仕上げるという趣向さ」

「材木屋さんらしいお話ですこと。でも、わっちは床柱になるのは嫌やでござんす」

「そいじゃ、床板《ゆかいた》になるかね？」

むっとしたお文の顔に忠兵衛は甲高い声で笑った。

「ともかく親父はあんたを着飾ることに夢中になってしまった。あの当時の呉服屋の支払いは相当のものだったよ。あんたは知らないだろうが」

「申し訳ござんせん。わっちは先代の言うが儘《まま》でしたので銭勘定のことは……」

「いいんだよ。そんなことで伊勢屋の商いに障りが出た訳でもあるまいし、親父がいいならそれで構わなかった。あんたのことを親父は死ぬまで気に掛けていたんだよ。親父はあんたを極上の女に仕立て、そして然るべき所に納めようと考えていたはずだ。そいつは……決して髪結い風情の女房になるためじゃなかったってことさ」

「……」

押し黙ったお文に忠兵衛は自分で銚子を取った。お文はそれを奪い取るようにして、彼の盃に酒を注いだ。怒りで手が震えた。

「怒ったかい？　怒ったのなら許しておくれ。だが、わたしはあんたの惨めな姿を見ていたくないのだよ」

忠兵衛の言葉にお文はぎょっとなった。その言葉は聞き捨てならなかった。

「わっちが惨めですって？　お言葉ですが、わっちのどこが惨めだとおっしゃるんです？」

「今日のお座敷じゃ、あんたの衣裳は悪いが二流だった。喜久壽とあんたは芸の上では五分と五分だが、軍配を挙げるのなら喜久壽になる。衣裳の差でね。木場の旦那衆もこの頃のあんたはぱっとしないと噂していた。年のせいかとも言っていた。だが、喜久壽はあんたより三つも年上だ。そんなことがあるものか。あんたはこの一、二年、呉服屋で着物も帯もろくに誂えていない。誂えても一番いいものには手を出さない。大抵は二番手の品物ばかりだというじゃないか」

「………」

お文は異を唱えることはできなかった。それは図星だった。忠兵衛の眼は怖かった。

「喜久壽は後ろにやっちゃ場の元締《もとじめ》が控えているから比べる方が酷なのだが……その髪の簪もどこか垢抜けない安物に見える」

ガンと頭を殴られた気がした。伊三次の心尽くしの簪に泥を被《かぶ》せられた思いがした。怒りでお文は目まいがするようだった。

「わたしが世話をしたいと言っていたのはそんな訳なのさ。親父の持ち物をすべて自分のものにしようという業腹な気持ちではないんだよ」

「でも世間様はそう思わないでしょうよ。伊勢忠は人の道に外れたことをすると噂になります」

「犬猫でもあるまいし、と言ったそうだね？」

「……」

「わたしが親父と当たり前の親子ならそう言われても仕方がない。だが、わたしは親父の本当の子供じゃない。お袋の連れ子なんだよ。この話は聞いていたかい？」

「いいえ」

「親父はどうも子種がない質《たち》だったらしい。最初に所帯を持った人との間にも子はできなかった。それで離縁してしばらく独り身を通していたんだよ。日本橋の益子《ましこ》屋に仕事で出入りする内に、わたしのお袋と知り合った。お袋は益子屋で針妙《しんみょう》をしていたんだよ」

益子屋は日本橋にある呉服屋だった。お文が着物や帯を誂える店だった。先代がそこで着物や帯を見立ててくれたので、その縁で今でも贔屓にしていた。しかし、その益子屋からお文の話が忠兵衛に洩れるとは夢にも思わなかった。お文に恥を掻かせたのはどの手代、どの番頭であろうか。

「お袋が針妙をして、わたしは道具屋に丁稚《でっち》奉公に出ていた。親子二人で細々と暮していたものさ。わたしの本当の父親はわたしが赤ん坊の頃に死んでいて、顔も憶えちゃいない」

「それでお母さんと一緒に伊勢屋さんに入られたのですね？」

「ああ。親父は跡継ぎがほしかったんだよ。わたしは八歳になっていたから、多少の分別はあった。子供心にも親父を怒らせてはならないと肝に銘じていたよ。そんなことになってはお袋が悲しむからね」

「かしこい坊ちゃんでしたね」

お文がそう言うと忠兵衛はほうっと深い吐息をついた。

「初めてわたしを持ち上げてくれたね？」

「………」

「嬉しいよ」

忠兵衛はそう言ってお文が注いだ盃の中味をくっと飲み干した。さっと顔が紅潮したのは酔いのせいではなかった。その純な表情にお文はわずかにとまどっていた。

「親父は仕事を丁寧に教えてくれた。道具屋で覚えたことは忘れないようにとも言ったよ。この商売、木のことばかり知っていればいいと言うものではない。木はもちろん家を拵えるためのものだ。家は人の住む容れ物だ。人が住むためには外側ばかり囲っても駄目なのだよ。襖や障子を入れ、畳を敷き、家具を調える。それだけでも不足だ。時には人の眼を和ませる掛け軸、花瓶、その中に生ける花も必要なのだよ」

忠兵衛は後ろの床の間を振り返ってそのたとえをお文に知らせるように言った。

「家は手入れをしなければすぐに古びや汚れが目立って来る。それは人にも言える。蛤町の家もあんたも、そろそろ手入れが必要じゃないのかね、そのためにわたしはひと膚脱ぎたいのだよ」

「他意はないとおっしゃるんですか」

「ああ、ない」

忠兵衛はきっぱりと言った。

「でも、それでは旦那が無駄銭を遣うばかりじゃございませんか。思い通りにならない女の機嫌をとったところでおもしろくも何んともありゃしませんよ」

「はっきり言うねえ。そりゃあ、あんたがわたしの気持ちを汲んでくれるのならこれ以上のことはない。だが、今のあんたはその気になれない」

「………」

「わかっているよ。わたしはあんたの気が変わるまで、いつまでも待ってもいいのだよ」

「でも……」

躊躇《ちゅうちょ》して、黙りがちになったお文に対し、忠兵衛は妙に機嫌よく言葉を続けた。

「こうしよう、女房は少し身体の調子がよくない。娘はまだ五歳で手が掛かる。しばらく向島のわたしの寮（別宅）で娘の世話をして貰えないかね。あんたの所の女中を一緒に連れて来ても構わない。その間にわたしはあんたの家を手直しするよ。女房もゆっくり休めるというものだ」

「それで旦那は本当によろしいのですか？」

忠兵衛は肯《うなず》くと「他に何かして貰いたいことがあるのならこの際、遠慮なく言いなさい」と言い添えた。

お文はつっと膝を進めて三つ指を突いた。

「旦那、お言葉に甘えさせていただきます。家のことより何より、わっちに益子屋で極上の着物と帯を、小間物屋の糸惣《いとそう》で極上の簪をどうぞ誂えて下さいまし。喜久壽姐さんに見劣りしないような……」

三

三十三間堂前の舟着場から舟を下りた不破友之進は中間《ちゅうげん》の松助を従えて岡っ引きの増

蔵の詰めている自身番に向かっていた。

北町奉行所の定廻《じょうまわ》り同心を務める不破は月に二、三度、多い時は五、六度、深川を訪れる。

江戸で取り逃がした下手人は大川を渡って深川に潜伏する場合が多い。近頃は童女のかどわかしが頻繁に発生していた。濁った欲望の矛先を抵抗のできない幼い少女に向ける下手人はいつの世にも存在した。不破が最も憎む犯罪であった。下手人は捕まるまで犯行を繰り返す。その意味では火付けの下手人と同じだった。禁断の喜びを知ってしまうと、その抑制に歯止めが利かない。人間は弱い生き物だとつくづく不破は思う。

北町奉行所の月番になってから二件、南町の分を入れるとこれまで五件の事件が未解決のままである。奉行所の威信に賭けても一刻も早く下手人を逮捕するべし、と与力より申し送りがあったばかりである。隠密廻りの同心は町人ふうに変装して市中の荒れ寺や空《あ》き屋敷をひそかに探索していた。下手人はこれまでの手口から同一人物と考えられている。若いのか中年か、それとも表向きは好々爺《こうこうや》の年寄りか。眼も鼻もわからぬ下手人は同心の不破にとっても恐怖の対象だった。

「増蔵いるか?」

門前仲町の自身番へ不破は外から大声を張り上げた。すぐに「へーい」という返答があって、縞《しま》の羽織と対の着物、その着物の裾を端折《はしょ》り、紺の股引きを見せた増蔵が戸を開けた。

土地の親分として顔の利く男である。いつも渋い表情をしているのは多くの事件を手掛けた末にそんな表情が身についてしまったのだ。滅多に笑顔は見せない男だった。今年三十六になるから不破より五つほど年上であった。

「ご苦労さまです」

増蔵はひと言、声を掛けて不破と松助を中に入れるとすぐにぴたりと戸を閉めた。

自身番の壁には梯子、御用提灯などが並んでいる。座敷は狭いが、文机《ふづくえ》と火鉢があるばかりなので殺風景にがらんとして見える。中では増蔵の子分の正吉《しょうきち》が座敷の掃除をしていた。正吉は十八の若い下っ引きである。

「正吉、掃除はいいからお茶をお淹《い》れしろ」

増蔵はそう言った。不破は雪駄《せった》を脱いで座敷にあがり、腰を下ろしていた。自身番には土間というものがなく、戸障子を開けるといきなり座敷があるので、立ち話はできない。上がり口には目隠しに障子を横に立て掛けてある。

正吉が、湯呑一つだけ持ち出したので増蔵の罵声がすぐに飛んだ。

「松さんとおれの分とで都合、三つだ！」

「へい」

正吉はのろのろと火鉢の傍で茶を淹れ始めた。その手際の悪さに不破は苦笑した。

「どうだ？　町の様子は」

「特に変わった様子は今のところありやせん。子供から眼を離すなとあっしもうるさく女房連中に言っておりやすもんで」

増蔵はそう応えた。

「うむ。事件が解決するまで油断させるなよ。娘を持っている連中をおれも羨ましいと思ったことはあるが、こんな物騒な事件が持ち上がると、心底、息子でよかったと思うぜ。人は勝手なものだの？」

不破には十一歳になる息子がいるだけだった。

「あっしのところは娘がちょうど五歳なもので気が気じゃござんせん。嬶《かか》ァには娘を外に出すなと言っておりやす」

増蔵は女房が小間物屋をやっていた。その女房との間に八歳の男の子とおていと呼ばれる娘がいた。

「そいつァ心配だの。増、下手人の見当は相変わらずつかねェか？」

「へい。怪しいと思えば、どいつもこいつも怪しく思えましてね。それとなく独り者の男を洗っておりやす。十年ほど前、やはり子供が悪戯《いたずら》されて首を絞められた事件がありやしたが、下手人は腎虚《じんきょ》病みの絵師でした。まあ、今度もまともな女にゃ相手にされない野郎の仕業でしょう」

「うむ、そうだなあ。女に相手にされないからと言って右も左もわからねェ餓鬼の娘っ子に乙な気分になるっていうのがどうしようもねェ。まあ女によっちゃ熊の掌《て》みてェな隠し所を持つのがいるって話だから、そいつはおれでも恐ろしくて遠慮してェものだが」

「旦那、ご冗談が過ぎますぜ」

増蔵はにこりともせずに言って正吉の淹れた茶を不破と松助に勧めた。

「正吉、お前ェ《め》の仲間でちょいと癖の悪いような奴はいねェか？」

不破は渋茶を一口啜《すす》ると首をねじ曲げて正吉の方を向き、何気なく訊ねた。

「いっぱい、いるな」

正吉はぶっきらぼうに応えた。不破の傍に控えていた松助がぷッと噴いた。増蔵の手がすばやく動いて正吉の後頭部をぱんと張った。

「何んだ、そのものの言い方は。たくさんおりやすと言うものだ」

「よせ、増蔵」

不破がいなした。

「こいつは、ふた親が商売に忙しくて婆さんに預けられて育ったんですよ。その婆さんがまた甘やかし放題だったもんで、こんなふうになっちまったんです。あいすみません」

増蔵は弁解するように言った。正吉は搗《つ》き米《ごめ》屋の息子だった。将来を案じた正吉の両親が世間様に出しても恥ずかしくないように増蔵の所で修業させてくれと正吉を預けたのだ。正吉は苦労知らずの鷹揚な表情をしていた。

「まあそれはいい、正吉はまだ若い。おいおいに分別もつくというものだ、のう？」

「へい」

正吉はきれいな歯並びを見せてにッと笑った。

「たとえばお前ェの仲間でどんなのがおるかの？」

「煮干屋の新公《しんこう》は女湯を覗くのが好きだし、飛脚の貞公《さだこう》は春先になると褌《ふんどし》を外して歩くんだなあ。下《しも》が痒《かゆ》くなるんだと」

「何んだそりゃ！」

不破の大袈裟に驚いた声に松助は堪《た》まらず腹を抱えて笑い出した。

「理由はわからねェ。そういう質なんだそうです」

「それから？」

「えと、それから男のくせに人形集めが好きなのは彫り師の弟子の竹《たけ》で、竹もおかしいが師匠はもっとおかしい」

「どうおかしい？」

「女の形《なり》をして、いろも男だそうです」

「蔭間《かげま》か……」

「そうも言うな」

「蔭間はちょっと違いますね」

増蔵が相変わらずにこりともせずに口を挟んだ。それから「他にまだいるのか？」と正吉を急《せ》かした。

「えと、それから塀の陰でせんずりするのは道具屋の手代の今朝松《けさまつ》で、たまにはおいらも付き合いますが……」

「馬鹿野郎！」

増蔵が怒鳴った。松助は笑い過ぎて涙をこぼしていた。

「左官屋の熊はどうだ？　あいつもお前ェの仲間だろう？」

増蔵は松助をいまいまし気に睨《にら》みながら正吉に訊いた。

「そうそう、あいつは左官のコテを使いながらおっきいぼぼ、ちっちゃいぼぼ、おっきいぼぼ、ちっちゃいぼぼとぶつぶつ言います。その方が仕事がはかどるんだと」

増蔵は呆れ果てて言葉もなかった。松助は咳き込み始めた。

「全く正吉の仲間にはろくなのがおらんの。ちょいと気になるのは人形集めの竹という男かの」

不破の言葉に正吉は怪訝《けげん》な眼を向けた。

「竹? あいつはおとなしい奴ですよ。飴玉しゃぶってお染や、お菊や、なんていってるだけですよ」

「人形に名前を付けているのか？」

「へい。もう三十や四十はあるな。雛飾りはあいつに選ばせると間違いないですよ。人形の顔と衣裳にはうるさい奴だから」

「竹の本当の名は何んと言うのだ？」

「知らねェ。昔っから竹、竹と呼んでいたから、あれっ、何んて言うんだろ」

「竹蔵でしょう」

増蔵が言った。

「親分の名前と親戚みたいなものですね、松と竹じゃ」

「手前ェ……おれの名は松蔵じゃねェぞ。増蔵だ！」

「あれ、そうでしたか。おいらはてっきり松蔵だとばかし思っていました」

「しょうがない奴だ。手前ェの親分の名前もろくに憶えていないとは……ところで子供の仏は皆、器量よしだったな？」

不破は増蔵に訊ねた。

「へい。それに結構いい所の娘ばかりです」

「やはり少し気になる。正吉、竹はどこに住んでいるのかの？」

「冬木町の厩小路《うまやこうじ》です。前はうちの店の近所でしたが」

「小汚ねェ所ですよ」

増蔵はすかさず言い添えた。深川の地理は熟知している男だった。

「よし、それとなく様子を探ってくれ。正吉、お務め向きのことはいくら仲間でも喋るんじゃねェぞ」

「へい、そいつは百も承知、二百も合点！」

正吉はその時だけ威勢よく応えた。それじゃ頼んだぞ、と腰を上げた不破に増蔵は小声で囁《ささや》いた。

「近頃、伊三次はどうしています？」

「ん？」

伊三次は廻り髪結いをしながら不破の小者（手先）を務めていた。増蔵とも顔なじみである。伊三次は十手も鑑札も預かってはいないが、岡っ引きの仲間内では知られた顔になっていた。

「伊三次がどうかしたか？」

「いえ、ちょいと……」

増蔵の顔に躊躇するものがあった。不破は松助を振り返った。「お前ェ、何か気がついたことがあるか？」

「別に変わった様子はありやせんが。毎朝、旦那の髪を結いに来て、いつも通り旦那の用事をあれこれ片付けています、ええ」

松助は不破にとも増蔵にともつかずにそう言った。

「こいつは噂なんですが、伊勢忠という材木の仲買いをしている男が文吉の世話をするそうです。あっしは伊三次から文吉と所帯を持つと打ち明けられていたので、ちょいと解《げ》せねェ気がするんですが……」

増蔵は人の秘密を喋る時の癖で眉間に皺《しわ》を拵えて言った。

「文吉は旦那は旦那、伊三次は伊三次と割り切っているんだろう」

「そいつは考えられますが、文吉はこの三年、旦那を持たずに伊三次ひと筋で芸者勤めをして来た女です。今更という気がするんですよ。もう少しで伊三次は所帯が持てそうな話もしていましたからね」

「ふむ、何かあったのかの。切れたという話も聞いていない。そういうことならあいつの顔色でそれとなくわかるはずだ。伊三次はその話、知らねェんじゃねェか？」

「そうかも知れやせん」

「そいつが本当だとすると……こいつァ、文吉の意趣返しかの？　ずい分待たせたということで……」

不破は自身番の低い天井を睨んで深い溜め息を洩らした。

「あいつは忙し過ぎたんですよ。髪結いとお上の御用じゃ、ろくに文吉の機嫌を取る暇もなかった」

「そいつァ、皮肉か？」

不破はぎろりと増蔵を睨んだ。

「とんでもねェ、そんなつもりはありやせん。ただ、あいつの真面目さが、こうなってみると不憫で……」

「文吉はあいつにはでき過ぎの女だったからな。いつか袖にされるんじゃねェのかと、おれも内心では思っていた。やはりな……まあそれはいい。後で愚痴でも聞いてやるさ。それより竹蔵のことは頼んだぞ」

「へい」


不破は仲町の自身番を出ると、その足で蛤町に向かった。もしもお文がいたらそれとなく事情を訊ねておきたい気持ちがあった。

お文の家は周りに足場が組まれ、今しも改築の真っ最中だった。植木屋も入っていて小気味のいい鋏《はさみ》の音が響いていた。

「おう、どうやら増蔵の話は本当らしいな」

不破は松助に言った。大八車で材木を運び込んでいる職人の半纏《はんてん》には丸に「伊」の字の伊勢忠の屋号が入っていた。松助はちょいと訊いて来ます、と庭の中に入って行った。生温い風が不破の顔を嬲《なぶ》った。海から吹きつけて来る風がそこら辺りは強かった。傍目には景気のよさそうな普請の風景が、その時の不破には一人の男の不幸の背景にも思えた。

伊三次がいなかったことが、わずかに不破の気持ちを楽にしていた。松助は小走りに出て来た。

「お文さんと女中は家の改築が終わるまで向島に行ってるそうです」

「向島？」

「伊勢忠の寮があるそうです」

松助は嘘がばれた子供のような表情で言った。「やはり、伊三次はこの話、知らないようですね、旦那？」

「うむ……」

「どうします？」

「どうしますと言われても、どうしようもねェじゃねェか。お前ェならどうする？」

「さて、わたしは女房もいないし、相惚れになった女も持ったことがないので何んとも言えませんが、一応、女の胸倉を摑んで仔細を訊ねるんじゃねェですか？」

「そうだのう……」

「場合によっちゃ血の雨でも降りますかね？　伊三次はあれで結構気の強いところがありますから」

「………」

「女っていうのはわからねェものですね」

不破はもう何も喋らなかった。二人はそのまま永代橋に向かってとぼとぼと歩き出していた。

四

常は鄙《ひな》びた風景の向島も一年に一度、桜の咲く頃だけ花見の客で大いに賑わう。土手沿いの桜並木は舟の上からは薄紅色の真綿を被《かぶ》せたようにも見える。もうもうとその上が曇っているように感じるのは豪勢な花びらのせいなのか、人々の立てる埃《ほこり》のせいなのか定かにわからない。半町にも足りぬところを行く人、戻る人でごった返していた。鉦《かね》や太鼓、三味線の音がトテツルシャン、トテツルシャンとかまびすしい。景気よく花見舟を仕立てて繰り出した商家の連中であろう。

土手下をみれば早くも酔い倒れが一人、二人と転がっていた。

不破は増蔵と伊三次を伴って竹屋の渡しの舟着場に下りた。花見の客に紛れて迷子の子供をかどわかす、例の卑劣な下手人を捜すためだった。ついでに花見の趣向がないわけでもなかった。向島の見廻りを思い立って、不破も増蔵も内心では伊三次を同行させることに躊躇していた。そこでお文に出くわすことを警戒する気持ちがあった。しかし、伊三次が自分から行きやしょう、行きやしょうと言うので二人は何んとなく割り切れない気持ちで小舟に乗り込んでしまったのだ。増蔵の微妙な視線が不破に何度も向けられていた。

「や、これじゃ花を見に来たんだか人を見に来たんだかわからねェの」

不破が苦笑しながら言った。花見の客を当て込んで狭い道の両側には掛け茶屋がひしめくように並んでいた。有名なのは長命寺前の茶屋の桜餅、言問団子《こととひだんご》。その他には茹卵、黄色に染めた慈姑《くわゐ》の串刺し、里芋の衣《きぬ》かつぎで、花見の掛け茶屋の食べ物と言えばこれ等に尽きる。どの茶屋にも人の列。さて肝心の花と言えば、道を挟んで植えられた桜はその枝を思うままに伸ばし、向かい合う相手の枝と絡み合い、顔を上向ければ満枝の花びらで空を覗く隙間もない。喧騒を忘れてこの花びらの洞窟をゆっくり楽しみたいものだと不破は思う。しかしそれは詮《せん》のないことであった。

三人は人に揉まれ長命寺前にようやく着いたが、呆れるほど時間が掛かった。そこでも名物の桜餅を求める客で人の列ができていた。

その列の中に不破はお文の姿を認めた。

嫌やな予感は的中するものだ。伊三次もすぐにお文に気づいたようだ。お文は女中のおみつと順番を待つ間、何やらお互いに喋っていた。おみつの手は幼い少女の手と繋がっていた。あれはどこの娘だろう、伊三次の表情にはそんな訝《いぶか》しいものが見て取れた。つと足を踏み出してお文に近づこうとした伊三次を増蔵が止めた。

「伊三次、竹蔵がいる」

「え？」

囁くように言った増蔵の言葉に緊張が走っていた。竹蔵は茶店の葭簀《よしず》張りの横にぼんやりと立って人の群れを眺めていた。手には渦巻きの模様の入った串刺しの飴を三本持っていた。竹蔵はその一本を時々思い出したようにぺろりと嘗《な》めた。

「間抜けな面ァしてますね。本当にあいつがかどわかしをするんでしょうか？」

伊三次は解せない気持ちで不破に言った。

そう言いながら伊三次の視線がお文に注がれているのを不破は感じた。不破と増蔵は竹蔵の顔を憶えていたが伊三次が竹蔵を見たのは、その時が初めてだった。不破はすでに何度か竹蔵の塒《ねぐら》を見張っていたのだ。しかし、その時はこれといって不審なものはなかった。

だが、ここに来て人待ち顔で立っている竹蔵の何気ない表情に、不破は同心としての勘が働いていた。

桜餅を求める人の列も呆れるほど進まない。

途中で諦めて帰る者もいた。お文とおみつはお喋りに夢中になっていて、さほど待つことを苦にしていない様子だった。おみつが手を引いている幼女は赤い着物と対の被布《ひふ》を纏っていた。見るからにいい身代の娘であることがわかった。ほつれ毛一つなくきれいに結い上げられた髪にひらひら簪が揺れていた。黒目がちの瞳が愛くるしい。

竹蔵が動き出した。ゆっくりとさり気なく。

竹蔵の視線の先にその幼女がいた。竹蔵は五歳ほどのその幼女の目の先に、持っていた飴をかざした。それからゆっくりと回した。幼女は不思議そうに飴の動きを見つめた。おみつもお文もそれに気づかない。三人は声を出す訳にはいかなかった。竹蔵がそれとわかる行動を起こすまでじっと待つしかなかった。

竹蔵は回した飴を一旦、後ろに隠した。それからまた出して見せる。何度かそれを繰り返した。幼女は小粒の白い歯を見せて無邪気に笑った。竹蔵も笑った。竹蔵はおいでおいでと手招きした。幼女は恥ずかしそうにおみつの後ろに隠れた。だが、顔を覗かせて竹蔵を見ることをやめない。

「お嬢さん、もう少しですからね」

おみつはそう言うと、また、お文とのお喋りを始めていた。幼女を握った手にさほどの注意を払っていないふうにも見える。

竹蔵は飴をくれると仕種《しぐさ》した。竹蔵はいつもの無表情どころか、満面の笑みを湛《たた》え、眼も輝いて見えた。不破はそんな竹蔵にぞくりとするものを感じた。

幼女の眼がきれいな飴に釘付けとなっている。小さな足が一歩前に出た。竹蔵も一歩前に、二歩、三歩……おみつは気づかない。後ろの客がおみつの背中に触れた瞬間に幼女との手が離れた。

あっと思う間もなく竹蔵は幼女の手を取った。絶妙な手捌《てさば》きだった。

「竹蔵が子供を連れて歩き出したら動け。人混みが減ったところで捕まえろ」

不破が前を見たまま低く言った。伊三次は固唾《かたず》を飲んだ。あのしっかり者のおみつが迂闊《うかつ》にも幼女の手を離したことが信じられなかった。幼女の姿は人混みに紛れてもう見えなかった。竹蔵の顔の動きがそれとわかるだけだ。竹蔵は幼女に飴を手渡したらしい。

竹蔵は伊三次達に背を向けて歩き出した。

「よし、後を付けろ」

不破の言葉に伊三次がすぐに前に出た。「あら、お嬢さん?」とおみつが幼女がいないことにようやく気づいたようだ。辺りを見回し、途端に慌てだした。お文もきょろきょろと幼女の姿を探していた。しかし、二人はまだ事の重大さに気づいていない。

竹蔵はゆっくりと歩いている。その様子は誰をも不審に思わせるところはなかった。竹蔵は長命寺に背を向けて竹屋の渡しの方に向かった。途中、道が大きく曲がりくねった所がある。そこは僅かに花の並木が途切れる所でもあった。見通しが利いた。竹蔵は道を曲がり終えた辺りで幼女を抱え上げた。伊三次は竹蔵の前に立ちはだかった。

「どこへ連れて行こうというのだ？」

竹蔵の白い顔が伊三次を見た。まるで表情というものがなかった。幼女を誘う時の表情とは別人のようだ。道を訊ねられたような顔だった。だが竹蔵の手からは飴がばらりと落ちた。白い地に薄紅色の渦巻きのある飴は無残に土にまみれた。

竹蔵は何も喋らなかった。黙って幼女を地面に下ろした。増蔵がすぐに手許に引き寄せた。そこで初めて幼女は激しく泣き声を上げた。伊三次が竹蔵の頬を張った。

「そうやって何人、子供を手に掛けた！」

ぐいっと竹蔵の腕をとり、後ろ手にして縄を掛けた。

遠くからお嬢さん、お嬢さん、とおみつの引きつった声が聞こえた。不破はここだというように手を上げた。

「姉さん、いましたよ。お嬢さんがいましたよ！」

おみつは後ろから来るお文に大声で叫んだ。

お文も着物の前が乱れるのも構わずこちらに向かって駆けて来た。荒い息も聞こえた。

お文は幼女を認めてようやく安心した表情を見せた。しかし、その眼に縄で縛られた竹蔵と、その縄の先を手にしている伊三次を認めると顔をこわばらせた。伊三次はまだお文の事情が呑み込めずにいた。怪訝な表情のままお文を見ている。不破と増蔵は顔を見合わせ、まずいなというように渋面を拵えた。

「お前ェがこの娘の付き添いか？」

不破はお文に訊ねた。

「あい、さようでございます」

お文は増蔵の手から泣きじゃくる幼女を引き取ると、後ろにいたおみつに預け、不破に頭を下げてそう言った。

「危ねェところだった。かどわかされる寸前だったんだぜ。気をつけて貰わねェと困るぜ」

「申し訳ござんせん。つい眼をはなしてしまいました」

「詳しいことは後で訊ねる。明日、茅場《かやば》町の大番屋《おおばんや》に来てくれ。場所はわかっているな？」

「あい、存じております」

「旦那、その娘はどこの？」

伊三次はお文にではなく不破に訊ねた。お務め向きの時はお文に会っても私的な会話をしないのがいつものことだった。不破は一瞬、眼をしばたたき、ぐっと詰まったが、観念したように「伊勢忠の娘だ」と低い声で伊三次に言い、ついで「そうだな?」とお文に相槌を求めた。お文は気後れしたような表情で肯いた。

伊三次が「え?」と言ったのか「あ?」と言ったのか不破にはよく聞き取れなかった。しかし、不破の言葉で伊三次はすべてを理解したようだ。蛤町の家が改築工事をしているのも、お文が伊三次には何も言わず家移《やうつ》りしてしまったのも、お座敷を休んでいるのも、不破や松助が自分の顔を時々じっと窺うことがあったのも、逆に増蔵が自分と視線を合わせないようにしているのも、すべてよくわかった。こういうことだったのだ。お文が自分を見限り、あれほど嫌っていた伊勢忠の世話になっているということなのだと。

今まで、伊三次はお文とひと月以上も逢わないことがあった。それは自分の仕事と裏の仕事が忙しかったせいだ。それでも二人の気持ちが離れたということはなかった。だから連絡が取れなくてもさほど気に留めてもいなかった。

お文は伊勢忠のご機嫌取りのつもりで、その娘を花見に連れ出していたのだろう。

伊三次は視線を足許に落とした。何も言う気がしなかった。

「行くぜ」

不破の言葉に伊三次は竹蔵の縄をぐっと引っ張った。その力の強さに竹蔵は呻《うめ》いた。

伊三次はお文の方は見ずに歩き出していた。しっかり歩いているつもりだったが足許はおぼつかない感じがした。お文は後ろで微かに「伊三さん」と呼んだ。伊三さん、伊三さん、声は次第に大きくなった。

「呼んでるぜ」

不破は伊三次の耳許に囁いた。伊三次は返事もしなかった。渡し場には舟が待っていた。

伊三次は竹蔵を舟の中に押し遣った。不破と増蔵がそれに続いた。舟の客は縄を掛けられた竹蔵を脅えた眼で見ていた。

「伊三さん、これには仔細があるんだ、聞いておくれ」

お文は周りの人にも構わず哀願するような声になった。舟の客は、今度は伊三次とお文を交互に見ている。

伊三次は再三のお文の呼び掛けにうるさそうにようやく首を回した。取り乱したお文を見るのは初めてのような気がした。その顔が伊三次には醜く映った。衆人環視の中の大声も興醒めだった。

「やかましいわ、失《う》せろ！」

伊三次はお文に向かって吐き捨てた。

やがて舟は滑るように岸を離れた。お文が土手沿いを小走りになって追いかける。その姿は不破には頼りないほど細く見えた。そして首を戻せば伊三次の後頭部が目の前にあった。鬢《びん》の後れ毛が川風に揺れている。しかし、そうではなかった。伊三次は静かに声も立てずに泣いていたのだった。

五

連続幼女殺しは彫り師見習いの竹蔵の犯行であった。人形集めが趣味のこの男は、いつの頃からか、現身《あらみ》の女に愛情を感じることができない性質になっていた。しかし、若い男の欲望がそれで収まっていたわけではない。岡場所へ通うことなど、もとより竹蔵にはできなかった。竹蔵は人形を買うように幼女を誘拐した。しかし、幼女は人形のように竹蔵の言う通りにはならなかった。飴を食べ終えると途端に親を思い出した。泣き叫ぶ。その泣き声を封じるように彼の手が幼女の細い首に伸びたのである。竹蔵の塒《ねぐら》を訪れた不破と伊三次は、そこに足の踏み場もないほど並んでいる人形の数々に息を呑んだ。人形の群れは主を失った悲しみで一様に不破と伊三次を恨めし気に見つめているように思えてならなかった。

大番屋の取り調べにお文はさほど時間を取られなかった。お文が来ることを予想していたのか、そこに伊三次の姿はなかった。不破は余計なことをお文に言わなかった。お文もあえて訊ねなかった。

お文は大番屋を出ると伊三次の塒に向かった。伊三次の塒はその大番屋からさほど遠くない茅場町の裏店《うらだな》だった。

伊三次は留守だった。それはお文も当然、予想していたことであったが、やはり気落ちした。納得してもしなくても伊勢忠との経緯《いきさつ》は話しておきたかったからだ。

お文は油障子の隅にある五寸釘を引き抜いた。それが鍵の代わりである。戸の開《あ》け閉《た》ては心得ていた。

仄《ほの》暗い部屋の中はお文がいつか訪れた時とさほど変化はなかった。台所に眼を向ければ流しの中に朝飯を食べた後の食器がそのままになっている。お文は着物の袖を帯に挟むと洗い桶に水瓶の水を掬《すく》って入れた。飯茶碗は縁《ふち》が欠けていた。汁椀は塗りが剝げていた。箸の先は使い過ぎてすっかり丸まっていた。

お文はその貧しい食器を丁寧に洗った。洗いながら涙がとめどなく流れてきた。別れるつもりなどなかった。けれど結果的にはそうなってしまうのだろう。伊三次は自分を許さないだろうと思った。芸者の意気地と張りなど何んとつまらないものだろう。蛤町の家は蘇った。庭はちょっとした茶屋にも負けないほどの風情がある。しかし、それが何んだろう。

すべてすべて空しかった。

お文は食器を洗い終えると狭い座敷に上がり、文机の前に座って自分の頭から前挿《まえざ》しの簪を引き抜き、そっと置いた。

伊三次がなけなしの金をはたいて拵えてくれたものだ。その簪を挿す資格は今の自分にはないと思った。

それから衣桁《いこう》に掛かっていた伊三次の着物の傍に行き、その着物に顔を押し当てた。伊三次の匂いがした。蒸《ふ》かし飯《めし》のような匂い、それに鬢付油《びんつけあぶら》の香りが加われば伊三次そのものとなる。

「あばえ……」

お文は低く呟いた。三年の余、愛した男との、それが別れの場だった。お文は立ち上がるとそっと伊三次の塒を出た。簪を眼にした時の伊三次の顔がふっとお文の脳裏をよぎった。

お文はそこから一番近い舟着場に向かった。

途中、薬種屋の前で気の早いつばめの姿を見た。薬種屋の軒先に三寸角の穴が切ってあった。心優しい主がつばめのためにそこに巣を造ることを許しているのだ。利口なつばめはそれを忘れずに季節になればその小さな穴を目指してやって来るのだ。頭上のつばめは大きく弧を描いて薬種屋の軒先の穴へまっしぐらに向かい、吸い込まれるように中に入って行った。夕陽を浴びたつばめの背が紫紺色に輝くのをお文は見た。

つばめは迷いも疑いもせず、自分の巣に向かっていた。もしもその小さな穴がある日、塞がっていたとしても、つばめはそこを目指すだろう。

お文はつばめの一途さに激しく嫉妬していた。やり場のない怒りも込み上げていた。お文は思わず「畜生！」と吠えた。

馬鹿野郎、唐変木《とうへんぼく》、次々と呪いの言葉が口を衝《つ》いて出た。言葉はすべて自分に向けて発していながら、それはどこか他人事のようにもお文は感じていた。

ひで

一

初夏の深川は空の色が縹色《はなだいろ》に蕩《とろ》けて見える。

小舟が油堀《あぶらぼり》に入ると、伊三次は空を仰ぎ、深い溜め息を洩らした。廻り髪結いの伊三次は、その日、厄介な客の仕事をしなければならなかったので、ひどく気詰まりだった。深川八幡近くの舟着場で舟を下りると、伊三次は客の所へ行く前に門前仲町の自身番に寄った。仲町の自身番には岡っ引きの増蔵が詰めている。ちょいと世間話でもして、気を落ち着けてから行こうと思ったのだ。

町はどことなく浮足立っているような感じがあった。それもそのはず。今年は二年に一度の深川八幡の祭礼がある年なのだ。

深川八幡の祭礼は隔年の八月十五日と決まっていた。

祭礼は別名、舟祭りとも幟《のぼり》祭りとも言われる。木場の橋は狭いので神輿《みこし》が通らず、舟で渡すから舟祭りと呼ぶのだろうし、八幡宮の氏子になっている町々が、書家・三井親《みついしん》和《な》の書いた幟を立てる風習があったから幟祭りとも呼ぶのだ。

祭礼の当日は永代橋を渡って、江戸からも見物人がどっと押し寄せる。混雑の嫌いな伊三次は、例大祭よりも、去年のような静かな深川が好きだった。八幡宮に詣で、客の疎《まば》らな茶店で心太《ところてん》や白玉を啜《すす》るひっそりとした夏の終わりが。

自身番の戸は開け放されていた。入口前は掃除も済み、打ち水の跡がしっとりと残っている。

「おう」

増蔵は伊三次の姿を認めると口許から煙管《きせる》を離して顎をしゃくった。伊三次は軽く頭を下げて応えると、商売道具の入っている台箱を置いて増蔵の隣りに腰を下ろした。

「信濃屋に仕事か？」

増蔵は伊三次の客をほとんど覚えているので、訳知り顔で訊いた。

「いいや」

伊三次の口調にうんざりしたものが含まれた。増蔵は薬罐の麦湯を湯呑に注ぐと、

「何んだ、やけに浮かねェ顔だの」と言いながら勧めた。いつもいる町内の大家も下っ引きの正吉《しょうきち》もいなかった。祭りが近いので、色々と野暮用があるのだろう。

「これから山丁《やまちょう》の大将の所に行くんですよ。察しておくんなさい」

伊三次がそう言うと「そいつァ……」と、増蔵も気の毒そうな顔になった。

島崎町の大工の棟梁、山屋《やまや》丁兵衛《ちょうべえ》のことを土地の者は大将と呼んでいる。大工の棟梁ならば「親方」と呼ぶのが普通だが、丁兵衛に限っては大将だった。大将は文字通りの大将で、それ以外の呼称は伊三次にも増蔵にも思いつかない。

丁兵衛の姿を見ただけで近所の子供達は震え上がる。その背丈は優に六尺はあり、目方は並の相撲取りほどあった。といって、愚鈍な印象はない。若い頃は走らせたら飛脚に負けないほどの足があったそうだ。

笑顔は滅多に見せたことがない。人様の子供だろうが、身内の子供だろうが、悪さを見つけたら大音声《だいおんじょう》で怒鳴るので、近所の子供達は丁兵衛の姿を見ると物陰に隠れてしまうのだ。

丁兵衛は四十八になる。そろそろ身代《しんだい》を子供に譲って隠居を考える年齢である。だが丁兵衛は今も奉公人と一緒に稼いでいた。娘が二人いて、上の娘は養子を迎えて子供もいるが、下の娘は、まだ片付いていない。

普段の丁兵衛は、ほとんど身を構わなかった。頭も女房のおりつが結っている。元結《もっとい》は使わず、紅絹《もみ》の端切れで縛るのが気に入りらしい。冬場はさすがに股引きを穿くが、今のような季節は、裸同然の恰好をしていた。

腹掛けに下帯一つ。水天宮のお守りだけは後生大事に太い首からぶら下げている。半《はん》纏《てん》でも羽織っていればいい方だった。昼飯の後で、ごろりと横になると、弛《ゆる》んだ下帯から、ふぐりがぎょろりと顔を覗かせている。注意しても一向に気にする様子もないという。頭がいいのか悪いのか、伊三次にはわからなかった。

ただし、言い出したら後へは引かない。引かないと言ったら引かない男だ。並の強情、頑固ではなかった。

普段は身を構わない丁兵衛でも材木屋の寄合とか、気の張る客の前に出る時は衣服を調え、頭も当たり前に拵《こしら》える。伊三次が仕事を頼まれるのはそんな時だった。嫌やだとは言えない。丁兵衛は伊三次の死んだ父親と古くからの知り合いだったし、丁兵衛の上の娘の婿になっている市助は、伊三次の幼なじみの兄に当たる男だったからだ。

「お前《め》ェ、大将にふっ飛ばされたことはねェのか？」

増蔵は気の毒そうな表情のまま訊いた。

「それはまだねェですけどね。そうなったら断る理由ができていいんですがね」

「二、三日、商売ができなくてもか？」

「増さん、人を脅かすのはよしにしましょうや」

伊三次は麦湯を啜って苦笑いした。

「お前ェの前に通っていた髪結いは、何んだってあんなに威張られなきゃならねェんだと口を返して、大将に投げ飛ばされて腰をおかしくしちまったそうだ」

「………」

「傍にあった玄能《げんのう》を持って向かって行ったのが、なおいけねェ。顔は殴られてぼこぼこよ。金輪際、山丁の仕事はしないと抜かしていたな。それでも大将の所の大工に、よくも歯向かったと褒《ほ》められたとよ」

「それで、おれがとこへ仕事が廻って来たということですよ。ありがた迷惑な」

「だけど手間賃は弾んでくれるんだろ?」

「へい。それはそうです。それがなきゃ、おれもとっくに御免被るところですよ。あすこに使われている大工も他の所より手間賃が高けェから我慢しているんですよ」

「上のお鈴《すず》という娘の婿はお前ェの知り合いだって?」

「へい。昔、近所に住んでいた人です。あの人の弟とは餓鬼の頃からの友達なもんで」

「それじゃ、嫌やとは言えねェな」

増蔵は納得したように肯いて煙管の雁首を灰落しに打ちつけた。

「ところで……」

増蔵は自分の湯呑に残っていた麦湯を飲み干すと、少し真顔で伊三次を見た。

「文吉のことはもういいのか?」

胸がひやりとした。その名は、できれば聞きたくない。

「蛤町に戻っているぜ。てっきり伊勢忠の世話になるものだと思っていたが、お座敷には出ているらしい。お前ェ、はっきり話をつけた訳じゃねェだろ？　一度、話をして来たらどうだ？」

「お文に何か言われたんですかい？」

「いいや、そういう訳じゃねェ」

「だったら、うっちゃっといておくんなさい。もう済んだことですから」

「芸者と廻り髪結いじゃ、所詮、釣り合わねェ縁ってか？」

増蔵は伊三次の気持ちを察しているような口ぶりで言った。伊三次は空咳《からせき》を一つした。居心地が悪い。

「若けェ時は、ちょっとしたことで相手が許せねェことがあるもんだ。後で考えりゃ屁でもねェ」

増蔵は伊三次を諭すように言った。伊三次はむっと腹が立った。

「増さん、おれとお文は屁でもねェことで切れたと思っているんですかい？　増さんだってお文が伊勢忠の世話になっているんだと、はっきりわかったはずじゃねェか」

この春に、お文が面倒を見ていた娘が、かどわかされそうになったことがあった。その娘は伊勢忠という材木仲買人の娘だったのだ。伊勢忠に義理がなければ、お文はその娘の面倒を見るはずがない。

　黙った増蔵に伊三次は言葉を続けた。

「結局、お文は銭のある男と、ねェ男を並べて、どっちがいいか選んだってことですよ」

「文吉がお前ェを天秤に掛けたってか？」

「違うんですかい？」

　ぐいっと増蔵を睨《にら》んだ伊三次の眼は鋭かった。増蔵は眼をしばたたいた。

「文吉はそんな女じゃねェと思うぜ。だから、そこんところをはっきりさせるためにも、一度、話を聞いて来いと言うのよ」

「ああそうさ。わっちは銭のある男に靡《なび》きました……あの女なら、それぐらい言いますよ」

「伊三、そいつァ、あんまりな言いようだ。仮にも惚れた女を」

　伊三次は立ち上がり台箱を摑んでいた。

「お邪魔致しやした」

「伊三」

　まだ何か言いたそうな増蔵に、伊三次は背を向けたまま口を開いた。

「心底、惚れていたから屁でもねェことでも許せねェってことがあるんじゃねェですかい？　こちとら滅法、了簡《りようけん》の狭《せ》めェ男なもんで。そいじゃ……」

伊三次はそのまま自身番の外に出ていた。

増蔵は何も言わず、伊三次の背中を黙って見つめていたような気がした。

二

島崎町の山丁は広い敷地を持っている。

母屋《おもや》の他に作業場が二つと材木置場があった。それだけでも並の大工の家とは違う。保管されている材木も家の一軒や二軒、すぐに建てられる量がある。最低、一年寝かせたものばかりだ。

充分に乾燥した物でなければ建てた後に狂いが生じるからと、材木屋から取り寄せたばかりの物を丁兵衛は決して使用しなかった。

普請を請け負うと、材木置場に寝かせていた物を使い、新たに購入した物は、また材木置場に寝かせられるという訳だ。もちろん、それは資金があるからできることで並の大工には無理というものだった。

家は建ててから、ひと冬を越したあたりで色々と問題が起きて来る。大工の父親を持っていた伊三次は、そんな理屈を心得ている。山丁は苦情の出ない仕事をすることで定評があるが、その分、手間賃が高いことでも有名だった。

母屋の裏口から「ごめんなすって」と伊三次が声を掛けると、台所にいた女中が「お内儀《かみ》さん、髪結いさんがいらっしゃいましたよう」と声を張り上げた。それを聞いて丁兵衛の女房のおりつは急いで顔を見せた。手招きして「早く、早く」と伊三次を急《せ》かす。

おりつは大男の丁兵衛と比べると呆れるほど小さな女だった。しかし、くるくるとよく働き、奉公人にも目配りが利くと評判のお内儀である。

土間の隅でさやえんどうの筋を剝いていた年寄りの女が「伊三ちゃん」と声を掛けた。長女のお鈴の亭主になっている市助の母親である。市助はお鈴と所帯を持ってから母親のおふじを引き取っていたのだ。

「あ、おばさん。しばらくでした」

「挨拶はいいから大将のところに行っておくれ。ご苦労さんだね」

おふじは皺深い顔を一瞬、和ませたが、おりつと一緒ですぐに伊三次を追い立てた。

伊三次が茶の間に入って行くと、丁兵衛は火鉢の傍に座っていた。後ろは職人の家らしく立派な神棚が祭ってある。

「お待たせして、あいすみません」

伊三次が緊張した声で頭を下げた。手拭いを肩に掛けている丁兵衛は湯に入り、髪を洗ってざんばらにしていた。とんだ幡随院長兵衛である。ぎろりと伊三次に目線をくれた丁兵衛は持っていた湯呑を火鉢の猫板《ねこいた》の上にどんと置くと「やっつくれ」と背を向けた。

伊三次はさっそく丁兵衛の髪の水気を取った。体格に比べ、髪の量は少ない。鴨居には丁兵衛の紋付が後ろの襖を、ほとんど覆う形で衣紋竹《えもんだけ》に掛かっていた。

「旗本の屋敷に行くんだからな」

髭を当たり、伊三次の手が髪に掛かった時に丁兵衛は低く言った。失礼のないように頭を拵えろということだ。伊三次は「へい」と応えた。

手下の大工を怒鳴る声は恐ろしいが、普段の低い声もまた、別の迫力がある。

伊三次は苦労して少ない髪に膨らみを出した。鬢付《びんつけ》は使わない。久々の白い元結は、その頭にそぐわないような気がする。やはり丁兵衛の頭には、いつもの紅絹の赤が似合っていた。

髷《まげ》の刷毛先を握り鋏《はさみ》で切り落とすと、丁兵衛は待ちくたびれたように大きな伸びをした。浴衣の袖から現れた二の腕は、まるで木場の堀割に浮かぶ丸太のようにも思えた。

「いかがさまで？」

手鏡を差し出した伊三次に丁兵衛は、いらぬとばかり振り払い「おっ母さん、おっ母さんやい」と、おりつを呼んでいた。

着替えを手伝いに来たおりつは「あんちゃんが台所にいるから」と言った。市助も丁兵衛と同行するので、そちらの頭もやらなければならない。台箱を抱えて台所に走ると、着替えを済ませた市助が伊三次を見て白い歯を覗かせた。

「ご苦労さん」

台所では女中二人とお鈴、下の娘のおみよ、市助の母親のおふじが早くも晩飯の仕度に余念がない。住み込みの奉公人を入れると二十人もの大所帯である。菜を刻んだり、大鍋で汁を拵えたり、魚を煮付けたり。皿小鉢の触れ合う音もなかなか、やかましい。

市助は髭は自分で剃ったから頭をやるだけでいいと言った。時間を惜しむせいもあったが、伊三次の手間をできるだけ省こうと気を遣っているのだ。そういう気の遣い方が丁兵衛に長く仕えている術《すべ》でもあったのだろう。

「旗本のお屋敷にお出かけだそうで」

伊三次は市助の頭に毛筋を立てながら言った。

「ああ、茶室を建て直すんでね」

「ちょいと手間の掛かる仕事でござんすね？」

伊三次が訳知り顔で言ったので市助はふん、と鼻を鳴らした。

「もとは大工の手許だけあって知っているじゃないか」

「茶室を建て直すのが普通の普請と違うことぐらい、誰でも心得ておりやすよ」

伊三次は父親が生きていた頃、大工の修業をしたことがあった。

「大将は伊三次が髪結いになったことを未《いま》だにくどいているよ。伊之助の倅なら自分が引き取りたかったってね。お前は大工になっても腕はよかっただろうよ」

「そいつはどうも」

「お父っつぁんが生きていたら大工をしていただろうね」

「へい、多分……」

「床の間を造らせたら右に出る者はいなかった。惜しい人だ」

伊之助が生きていて、そのまま跡を継いだら自分はどんな暮しをしていただろうか。お文と逢うこともなく身丈に合う女と一緒になり、今頃は子供の一人や二人はいただろう。ついでに同心の小者という裏の仕事も引き受けずに済んだはずである。

伊三次は話題を変えるつもりで「ひでは元気にやってますかい？」と訊ねた。市助の弟の日出吉のことだった。

「ひでかい……」

市助の言葉に溜め息が混じった。戸棚から皿を取り出していたおみよが手を止めて、そんな市助をつかの間、見つめた。

「今日は他にどこか廻るのかい？」

鬢付油を髪に揉み込んだ時に市助が訊いた。

「いえ、ここで仕舞いです」

「それなら晩飯を喰って行くといい。おれと大将は出かけるから遠慮はいらない」

「そんな、わたしのことは構わねェで下さい」

伊三次は慌てて言った。

「独り者だから飯の仕度は面倒だろ？　喰って行きな。おみよ、いいだろう？」

「ええ、それは……」

丁兵衛とよく似て大柄なおみよは、僅かに躊躇《ためら》う表情を見せたが、肯いた。

「お前が驚くことがあるかも知れないよ」

市助はおみよに聞こえないように、すばやく伊三次の耳許に囁いた。

「あんちゃん、何んですか？」

「いいから。飯、喰って行け」

市助は半ば命令するようにそう言った。

三

台箱を片付け、外に出ている職人達が戻って来る間、伊三次は暇潰しに台所の外に出た。

視線の向こうに丸太を浮かべた堀割が見える。川並鳶《かわなみとび》が手鉤《てかぎ》を操っていた。江戸湾に運ばれて来た丸太は木場に集められ、筏《いかだ》に組んで府内の町々に届けられる。川並鳶はその専門の職人だった。仕事唄の木場木遣《きばきや》りが、離れた所にいる伊三次の耳にも微かに聞こえる。

材木置場の材木の量には、いつもながら感心させられる。父親が生きていたとしても、とても真似はできない。丁兵衛は、その身体一つで、ここまで身代を太らせたのだ。それは人の三倍は働くと言われた丁兵衛の努力に外ならなかった。

子供の頃、伊三次は普請現場で何度か丁兵衛を見たことがある。まだ髪もたっぷりとあり、太い髷が風に嬲《なぶ》られて立ち上がっているように見えた。普通の大工が角材をようやく一本運ぶところを、丁兵衛は二本まとめてたったと運んだ。その足取りの速いこと速いこと。

「山丁の大将はもんがあだの」

伊之助にそう言って、こっぴどく叱られたことがある。そう言えば、伊之助は丁兵衛の陰口を叩いたことがなかった。職人の世界では仕事ができる人間がいっとう上等で、他は恰好がどうの、人柄がどうのというのは構ったことではなかったからだ。

黄昏が迫っていた。いつしか陽は西に低く傾き、空を朱に染めている。鬢付油の滲《し》みた手を洗うつもりで伊三次は井戸に近づいた。

井戸の傍には奉公人が一人、屈んで鉋《かんな》の刃を研いでいた。丸に「山」の字を染め抜いた半纏の背が小刻みに揺れている。

「ちょいとごめんなすって」

伊三次はひと声掛けて釣瓶《つるべ》に手を伸ばした。

男は伊三次の声に顔を上げた。「あ！」と声を出したのは伊三次だったのか、男の方だったのか定かにはわからない。恐らく同時に二人は驚きの声を上げたのだろう。

幼友達の日出吉だった。市助の弟である。

「ひで、こんな所で何してる」

伊三次は努めて穏やかに言ったつもりだったが、自然、詰《なじ》る口調にもなっていた。日出吉は深川の鈴本《すずもと》という料理茶屋で板前をしているはずだった。日出吉は悪さを見つけられた子供のような表情になっている。市助の言っていた驚くこととは、これだったのかと合点がいった。

「鈴本はどうした？」

「やめちまったから、ここにいるんじゃねェか」

日出吉は開き直って皮肉な口調で言った。細面の顔はすっかり陽に灼け、いっぱしの大工面になっている。

「いってェ、どういうことだ？　さっぱり訳がわからねェぜ」

伊三次は日出吉の横にしゃがんだ。鉋の刃は青光りするほど研ぎ澄まされている。

「ひで、それ以上研いだら刃がすり減っちまう」

伊三次は日出吉の手許を見て言った。

「わかってる」

日出吉は手を止めない。

ひと呼吸置いて日出吉は口を開いた。

「おみよとな、所帯を持つんだ」

「へえ、そうか。いつだ？」

「来年。といっても、もう一緒にいるようなもんだが」

「そいつはめでてェな。祝言《しゅうげん》は挙げるんだろ？」

「ああ」

「そん時は祝儀を出すぜ」

「ありがとよ」

「だけど……また何んで大工になんざ」

伊三次は解せない気持ちのまま日出吉に訊いた。

「大将がな、おみよと一緒になりてェのなら大工になれと言ったのよ」

「そんな馬鹿な。お前ェはずっと板前の修業をして来た男じゃねェか」

丁兵衛なら言い出しかねないことだったが、伊三次はやはり腹が立った。十二の時から鈴木に入って、日出吉はそれなりに苦労して来たはずである。

「もうちょっとで花板《はないた》張れるところだった」

日出吉の言葉に溜め息が混じった。

「ひで、もういけねェ。鉋の刃が駄目になる」

伊三次は堪《た》まらず日出吉の手を制した。

「幾ら研いでも、うまく木が削れねェのよ。包丁とは勝手が違うんで、おれは往生するばかりよ」

日出吉は、ようやく鉋から手を離した。伊三次はふと気づいたことがあって、刃ではなく、傍に置いてあった鉋台を手に取った。それを斜めに傾け、片目を閉じて台が水平になっているかどうかを確かめた。

案の定、鉋台の中心が僅かに膨らんでいる。

「ひで、刃じゃなくて台よ」

「え？」

「この間まで雨が続いていたろ？　ところが、この何日かはカラカラの馬鹿陽気だ。お前ェは木が生き物だってことを忘れているぜ。よく見てみろ。真ん中が膨らんでいるじゃねェか。こいつが材木に当たって刃まで届かねェのよ。どれ、そっちの鉋ァ、貸してみな」

伊三次はもう一つ置いてある鉋を手に取ると、台の膨らんでいる部分を、ほんの僅か削った。

「これで多分、大丈夫なはずだぜ」

信じられない様子で日出吉は眼を大きく見開いている。鉋台をためつすがめつ、「さすがに大工の息子だな。こんなこと、誰も教えちゃくれなかった」と低く呟いた。

「ひで、当たり前ェだ。何年も修業して覚えるもんなんだ。お前ェだって料理のコツは、おいそれと小僧に教えねェだろ？　それと同じことよ」

「ありがとよ。助かったぜ。このままだったら明日また、大将にどやされるところだった」

「お前ェ、本当に大工をやるつもりか？」

「ああ、決めちまったことだからな」

日出吉はあっさりと応えた。

「一人前になるにゃ、少なくても五年は掛かるぜ」

日出吉の決心があまりに無謀に思えた。

「伊三次、晩飯を喰って行くだろう？　ゆっくり話を聞いてくれ」

日出吉は、そう言うと鉋を片付け始めた。

その姿は伊三次の眼に、ひどく疲れているように映った。

四

晩飯の後で、日出吉は寝泊まりしている作業場の部屋に伊三次を連れて行った。

作業場にも材木が壁に幾つも立て掛けてあったが、土間は掃除が行き届き、思いの外、片付いていた。奥の方に杉戸があって、そこを開けると六畳ほどの部屋があった。窓を開けると堀割が見えた。

さして道具らしい道具もないが、衣桁《いこう》には日出吉の普段着の着物が掛けられ、小屏風《こびょうぶ》を回して薄い蒲団がきちんと畳まれている。窓には風鈴のついた釣り忍が下がり、時々、可憐な音を立てていた。

「きれいにしてるじゃねェか」

伊三次が言うと「なあに、おみよが掃除してるんだ」と日出吉は鼻の下を人差し指で擦った。

「のろけてやがる」

伊三次は苦笑した。おみよが蚊遣《かや》りと盆を持って、すぐにやって来た。盆には銚子が二本のせられていた。

「おみよ、伊三次は酒が駄目なんだぜ」

日出吉は、もはや亭主面でおみよに言った。

「ごめんなさい、気がつかなくて。今、お茶をお持ちしますから」

「何んか甘ェもん、あったか？」

甘党の伊三次を日出吉は憶えていたようだ。

「さあ、羊羹ならあったかも知れないわ」

「それ、持って来てくれ」

「おみよちゃん、構わねェで下せェ。おれ、飯を喰ったからたくさんだ」

「ええ、ええ」

おみよは照れているのか伊三次の視線を避けるようにして母屋に戻って行った。丁兵衛の娘にしては、おとなし過ぎる娘である。

「なあ、ひで。おみよちゃんを女房にするのはいいが、しかし、今更大工を始めなくてもよさそうなもんだ。板前の給金だけでおみよちゃんを喰わせて行けるだろうが」

伊三次は手酌で盃に酒を注いだ日出吉に口を開いた。

「おれもな、大将が板前やめて大工になるなら、おみよと一緒にさせてやると言った時は冗談じゃねェ、と口を返したさ。何が悲しくて大工をやらなきゃならねェのよ。当たり前ェだ」

「うん」

「あんちゃんは義姉さんと一緒になっているし、おれまで山丁に入ることもねェ。ところが大将は、すんなら、おみよは諦めろと抜かした」

「……」

「大将はお袋の面倒まで見てくれて、おれもありがたいとは思っているぜ。だが、それとこれとは別だ。お袋の所に顔を出した時、大将から、ひで、大工やらねェかと言われたことはある。おれァ冗談だと思っていたぜ。冗談じゃなかったんだな」

「それで、おばさんの所に通っている内におみよちゃんと？」

「別にどっちが惚れた惚れられたという訳でもねェが、おみよはお面は悪いがおとなしい女でよ、一緒にいて気が休まったんだ」

「そいつは女房にするならぴったしの女だ」

伊三次はお世辞でもなくそう言った。

「大将に反対されて、おみよは泣いて家を出ると言ってくれたが、義姉さんに止められた。おれが半殺しにされるって」

「………」

「おみよのことはすっぱり諦めるつもりだった。ところが、お袋が大将の手前もあって、おみよが可哀想だとおれの所に何度もやって来てよ……」

おふじの立場も考えると無理もないと伊三次は思う。

「おれァ、少し自棄《やけ》になっていたんだろうな。店でドジを踏むことが続いたのよ。親方はおれの腕を買ってくれていたが、花板を張る段になって、おれより後から入った奴を決めちまい、おれは焼き方に回された。かッと頭に血が昇って、そのう……店を飛び出しちまったという訳だ」

「親方は迎えに来なかったのか?」

「来たさ。ところが大将だ。ひではケチな板前なんざやめるそうですと抜かしちまった」

「…………」

「それで一巻の終わりよ」

「そいじゃ仕方のねェ話だ」

「ああ、仕方がねェ。大工をやるしかねェ」

丁兵衛という男が伊三次にはわからない。

腕のよい職人に傲慢な男が多いのは伊三次も知っている。しかし、丁兵衛の場合は度が過ぎているような気がしてならない。

娘可愛さで、いつまでも手許に置きたいという気持ちもわかる。市助がお鈴の婿になっているのは納得できた。お鈴は丁兵衛の長女であるし、息子がいないのなら婿を取るのも世間にはよくあることだ。しかし、おみよにまで同じように、それを求めることには合点がいかない。

「だがよ……」

日出吉は、そこまで言って、ようやく笑顔を見せた。

「仕事さえ我慢すれば、今年は神輿《みこし》が担《かつ》げそうだし」

「神輿？　八幡さんの祭りのことか？」

「ああ。今まではお前ェ、祭りとなりゃ、店が忙しくて、ろくに見物もできなかった。おれは神輿を担ぐ奴らが羨ましくてならなかったのよ」

日出吉の口調に熱が籠《こも》っていた。伊三次は日出吉の表情に苦笑して鼻を鳴らした。

「そんなに神輿を担ぎてェか？」

「そらお前ェ、何んたっていいさ。褌一つで玉の汗をかいてよ、息を弾ませて八幡様の境内に入るのよ。そこで神輿を担いだ者は酒を振る舞われるんだ。お天道様のギラギラする中をやって来たんだから、さぞかし酒の味は堪《こた》えられねェというものだ。仲間と笑い合ってよ……いいぜ、伊三次」

日出吉はうっとりした顔で言った。

「ちょいと、これ見てくんな」

日出吉は単衣《ひとえ》の袖を外すと、肌脱ぎになって伊三次に背中を向けた。

「こいつァ……」

伊三次は驚いた声を上げた。日出吉の背中には見事な雷神の彫り物が色鮮やかに刻まれていた。

「ひで、酔狂が過ぎるぜ」

そう言いながら伊三次は日出吉の背中に、しばし見惚《みと》れた。

おみよが茶を運んで来て、肌脱ぎになっている日出吉を見ると眉根を寄せた。

「また人に見せて……嫌やだって言ってるのに」

おみよは低く呟いた。

「おみよちゃん、ひでは八幡さんの神輿を担ぐために、こいつを彫ったのかい？」

「そうなの。子供みたいにはしゃいで。彫り師の所から帰って来ると熱を出すのに……」

「熱を？」

そういうものなのかと伊三次は怪訝《けげん》な顔になった。

「なあに、大したことはねェよ。おみよは大袈裟なんだ」

日出吉はおみよに手伝わせて単衣を羽織った。二人はどこから見ても仲のよい夫婦にしか見えなかった。

「伊三次、文吉姐さんと切れたのか？」

おみよの差し出した茶を啜っていると日出吉が伊三次の顔色を窺いながら訊ねた。

「ああ」

「やっぱり噂は本当だったのか」

「……」

「鈴本のお内儀さんが、そんなことを言っていたから、まさかとは思っていたんだが」

鈴本はお文がお座敷を掛けられる料理茶屋でもあった。板前をしていた日出吉は伊三次とお文の仲を知っていた。

おみよも心配そうな顔で伊三次を見ている。

「おれのことはいいから、おみよちゃん、ひでを励ましてやってくれ。これから一人前の大工になるには色々辛ェこともあると思うからよ」

「ええ、それは……」

「今年の八幡さんの祭りはちょいと楽しみだな。ひでが神輿を担ぐのを見物できると思うとよ」

伊三次は居心地が悪くなってわざと威勢のよい声で言った。

「そ、そうだ、伊三次。おれが担ぐところをじっくり見てくんな」

笑った日出吉の顔は子供の頃と同じだった。

五

日出吉の話によると、丁兵衛には母親と四人の弟妹がいたそうだ。父親は末の妹が生まれると間もなく病気で亡くなっている。親子六人が食べて行くために丁兵衛は子供の頃から働いて母親を助けていた。

十二歳の時に深川の大工の棟梁の所に弟子入りすると、丁兵衛は母親と弟妹達が住む神田の鍋町と離れて暮すことになった。

人並み外れた体格が幸いして十六歳になった時は一人前の大工と変わらない仕事をするようになっていた。取った給金は、ほとんどすべて母親の所に運んでいたらしい。

丁兵衛の弟が春から呉服屋の丁稚《でっち》に入ることが決まり、ようやく、ひと息つけるかと思われた年の暮。神田をほとんど嘗《な》め尽くす大火が起こった。鍋町の裏店も、その火事に遭ってしまった。丁兵衛は最後の仕事を片付けてから母親の所に戻るつもりで、まだその時は深川で稼いでいた。

大工の親方から、神田がやられたようだから早めに戻って、おっ母さん達の様子を見た方がいいと言われるまで、丁兵衛は気づかずに玄能を持っていたのだ。

戻ってみると裏店は丸焼けになっていた。それどころか母親は少ない家財道具を惜しんで家の中に入り、煙に巻かれて命を落とし、弟妹達も母親を助けようとして同じように死んでいた。一瞬の内に丁兵衛は天涯孤独の身の上となってしまったのだ。傍にいたなら、こんなことにはならなかったと、丁兵衛は自分を責める毎日が続いたという。それが家族を手許に引き留める理由になったのだろう。

傲岸不遜な性格は家族を失った故にでき上がったものだとしても、板前の日出吉を無理やり辞めさせて大工にさせたことが伊三次にはわからなかった。山丁の敷地でおみよと所帯を持ち、日出吉が鈴本に通ったとしても構わないはずではないか。

半殺しにされるから、おふじに諭されたから、はいそうですか、と板前を辞めてしまうほど、日出吉にとって板前という仕事は簡単なものだったのだろうか。そうではあるまいと伊三次は思う。丁兵衛は案外、日出吉を試したのではなかろうか。何が何んでも、半殺しにされても板前は辞めないと押し通したら、どうであったろうかと伊三次は考えてもみる。

だが、依然として答えは出て来なかった。

伊三次が日出吉と再び逢ったのは永代橋であった。得意先を廻り、早めに仕事を済ませたのは昼から同心の不破友之進に呼ばれていたためだ。

八幡宮の祭りが近いので、その警護についてのことだろう。人出があると掏摸《すり》も横行して油断がならない。酔っ払い、迷子、余計な仕事は増える一方である。

朝方は煙るような小糠雨だったが、昼からは本降りになっていた。伊三次は得意先から屋号の入った番傘を借りて八丁堀に向かっていた。さほど雨脚は強くなかったが、番傘を叩く雨粒の音は大きく聞こえていた。

大川端の方向からとぼとぼと歩いて来る日出吉に伊三次はすぐに気づいた。日出吉は傘もなく濡れながら歩いていた。

伊三次は日出吉の姿に思わず笑顔になったが、肩をがっくりと落とした日出吉の浮かない表情に、すぐに笑顔を消していた。それでも擦れ違いざま、脅かすつもりで日出吉の半纏の袖をぐいっと引いた。日出吉は気の毒なほど驚いた。

「お、脅かすない。心《しん》ノ臓が止まるかと思ったじゃねェか」

無精髭の目立つ日出吉の顔は精彩がなかった。雨のせいでもないだろうが、顔が青膨れしているように見える。

「雨で仕事は仕舞いか？」

伊三次が訊ねると日出吉は力なく首を振った。

「現場は屋根が掛かっていらァ」

「そいじゃ、どうした？」

日出吉は伊三次の顔を見て安心したのか洟《はな》をしゅんと啜った。その拍子に丸い眼からぽろりと涙がこぼれた。

「大の男がみっともねェ。どうしたって言うのよ。話してみな」

伊三次は通行人の邪魔にならないように欄干の傍に日出吉を促した。目の下の大川の水が茶色に濁っている。雨はその水の上をしきりに叩いていた。傘の内に日出吉を入れても雨の雫は日出吉の肩を濡らした。

「材木町に現場があって工期が迫っているんだ。そいで近くの旅籠《はたご》に泊まり込んで仕事をしている。大将は祭りまでに、その現場にけりをつけて、後は呑気したい様子だった。ところが雨や何かで思うように仕事がはかどらなくてな、苛々《いらいら》していたのよ。おまけにおれがドジばかり踏むもんだから、とうとう堪忍袋の緒を切らしちまってなあ、帰れと言われちまった」

「…………」

「まさか帰る訳にゃ行かねェだろう？　勘弁しておくんなさいと何遍《なんべん》も謝ったのに……」

「勘弁しちゃくれなかったのか？」

日出吉はコクンと肯いた。

「あんちゃんや他の大工は助け船を出してくれなかったのか？」

「大将が怒った時は、下手に手出しをすると、手出しをした奴までやられるのよ。皆んなは見て見ぬ振りをするしかねェんだ。だけど、今日はよほど虫の居所が悪かったんだろう。帰れったら帰れで、仕舞いにはおれの尻を蹴飛ばしやがった。それで仕方なく……」

「お前ェは大工になって、まだ間もねェ男だ。一人前の仕事なんざできねェ。ドジを踏んだって仕方ねェんだ。気にするな」

伊三次は日出吉を庇《かば》うように言った。

「大将が怒るのも無理はねェのよ。おれァ、同じ間違いを三遍も繰り返しちまった。今度は間違いなくやろう、そう思っているくせに、手がつい……伊三次、おれァ頭、悪りいんだな」

「そんなことはねェよ。誰でも最初はそんなもんだ。その内に慣れるさ」

「慣れるってか」

日出吉は頭に締めていた手拭いを外して洟を拭いた。月代《さかやき》にもまばらに毛が生えている。鈴本にいた頃は髪もきちんと結って、真っ白な半纏がいなせに見えたものだ。板場の湯気に当たっていたせいか、その顔も抜け上がったように白く、艶々していた。今はその頃の日出吉とは似ても似つかない。しょぼくれた大工の下っ端だった。

「お前ェはやっぱり、玄能握るより包丁を握った方が性に合うんじゃねェのか?」

伊三次は吐息をついて日出吉に言った。

「失敗したと思っているぜ。鈴本の親方に詫びを入れることを何度も考えたが……もうできねェ。おれさえ我慢すれば丸く収まる。我慢すれば……わかっている。わかっているんだが、こんなことが毎度続くと思うと、伊三、辛くてな……」

日出吉は込み上げるものに堪えられず咽《むせ》んだ。伊三次は慰める言葉を捜していた。板前になるのだって並大抵の苦労ではなかったのだ。一人前になったと思った途端、今度は大工の修業で一から出直しなのだ。日出吉は職人の苦労をもう一度味わっている。辛くないはずがない。自分にはとてもできないことだと思う。

「ひで、今にいいこともあるさ。八幡さんの神輿を担ぐんだろ? しょぼくれていちゃ、腰砕けになるぜ。しっかりしろ!」

伊三次は日出吉の肩を叩いて言った。日出吉は眼を拭うと、ようやく少し笑った。

「うん。そいつを楽しみに、おれ、もう少し頑張ってみる」

日出吉は子供のような口調で言った。

「そうだ、その意気だ」

「神輿担ぐところ、きっと見てくれよ」

「ああ、きっと見るぜ」

「つまらねェ話を聞かせて悪かったな」

「飯喰って、さっさと寝ちまえ。寝て起きりゃ今日という日は別の日になってるわ。知らぬ顔でまた現場に行ったらいいんだ。大将はいつまでも済んだことを口説く男でもあるめェ」

伊三次は怒鳴るように言った。

「ああ」

踵《きびす》を返し掛けた日出吉だったが、伊三次の背後に視線を向けて「あッ」と短い声を上げた。

振り向くと薄紅色の傘を差したお文が立っていた。裾短く単衣《ひとえ》を着付け、半幅帯を締めた普段着の恰好だった。手に花色の風呂敷を持っているところは川向こうに用足しにでも行って来たのだろう。

伊三次は頭の先から爪先まで、訳のわからない痺《しび》れが走った心地がした。

日出吉は「文吉姐さん、お久しぶりです」と頭を下げた。

「鈴本のひでさんじゃないか。その恰好は何んだえ？　大工に鞍替《くらが》えしたってことなのかえ？」

「へい」

「これから大工をするのは骨だろう。そう言や、伊三さんのお父っつぁんは大工をしていたお人だ。伊三さんも少しはその道を知っている。励まして貰っていたという訳かえ？」

「へい。愚痴をこぼせるのは伊三次ぐらいのものですからね」

「他人様には伊三さんも、なかなか優しい男のようだ」

お文の口調に皮肉が含まれていた。伊三次は台箱を摑み直し「おれはちょいと急ぎますんで、ごめんなすって」と、歩み掛けた。

「寝て起きりゃ、別の日になるというのは本当のことかえ？」

伊三次は、そう言ったお文をものも言わず睨《にら》んだ。日出吉は二人の様子を心配顔で見ている。お文は怯《ひる》まず言葉を続けた。

「それで合点がいったような気がする。昨日のことはあっさりと忘れ、今日はたとえ深間になった女が死のうが生きようが構わねェということなんだろう」

「死のうが生きようが、そいつは姐さんの勝手。おれには一切、関わりのねェことで」

「伊三次、あんまりだ」

日出吉が堪まらず声を出した。

「お前ェは黙ってろ！」

甲走《かんばし》った伊三次にお文は一瞬、唇を嚙み締めたが、すぐに薄く笑った。

「あい、さようさ。もっともな話だ。わっちが死ぬも生きるも通りすがりのお人には関わりのねェことだった。馬鹿な話をしちまったよ」

「姐さん、伊三次は今でも姐さんのことは……」

「おきあがれ」

伊三次は日出吉の言葉を語気荒く制した。

伊三次はお文に向き直ると、「手前ェが決めたことだろうが。銭のねェ男に愛想尽かしをした上、道端で悪態つくのは了簡違ェというものだ」と吐き捨てた。

「ここは橋の上だ。道端じゃねェ。お前ェ、頭に血を昇らせて喋る文句も忘れたか」

「手前ェ……」

台箱を下ろして摑み掛かろうとした伊三次を日出吉が止めた。

「姐さん、伊三次が得心するように、よっく話してやってくれ」

日出吉は哀願するように言った。

「無駄さ。伊三さんはわっちにあばえも言わせなかった。黙って背を向けちまった。そんな男がわっちの話を殊勝に聞くとは思えない。いいんだ。ひでさんは心配しなくていいよ。わっちも伊三さんも別の日になったってことさ」

「お前ェはあばえを言いたかったのか？」

伊三次の声音は幾分、弱まっていた。

「さあてね。挨拶もなしにくっついた男と女が別れ際だけ挨拶するのもおかしなものだ」

「あばえが挨拶か？」

お文はそう訊いた伊三次に応えず、「ひでさん、深川に戻るんだろう？　相合傘で道行きといこうか」と日出吉を促した。

「へ、へい。ですが……」

日出吉は上目遣いで伊三次を見ている。

「構うこたァない。そこにいるのは通りすがりのお人だ。まさか悋気《りんき》も起こすまい」

皮肉なもの言いはやまなかった。日出吉は躊躇《ためら》う表情をしていたが、伊三次が「行きな」と顎をしゃくると、ようやく肯いた。

「じゃ、伊三次、またな……おれも、あばえは言わねェことにする」

日出吉はそう言うとお文と肩を並べて歩き出した。薄紅色の傘が雨の中で霞んでいるように見えた。

六

陰暦八月は秋である。残暑は相変わらず厳しいが、それでも朝夕、頬を撫でる風に微かに涼しさも感じられる。日暮が早くなった。

深川の町々は八幡宮の祭礼の準備に余念がない。祭りに対する人々の思い入れは、まだ夏を引き摺《ず》っているかのように熱く感じられる。軒先には祭り提灯が下げられ、武家も町家も玄関前に桟敷を設《しつら》えている。その桟敷に幕をめぐらし、毛氈《もうせん》を敷き、親戚、知人を招く用意をしていた。

親和の幟も屋根瓦を覆い尽くすかのように賑やかに翻っている。宵宮が近づくにつれ、人々はもう仕事も手につかない様子である。

伊三次は宵宮の前日まで贔屓《ひいき》の客を廻るのに大忙しの目に遭っていた。なぜか山丁から声が掛からないのを怪訝に思っていたが、それならそうで気が楽だと別に意に介してもいなかった。早目に仕事を片付け、増蔵の手伝いをしなければと、その方に気が向いていた。

材木問屋、信濃屋の仕事を終えた伊三次は門前仲町の自身番に顔を出した。他に何軒か廻る所もあったが、手が空いたら寄ってくれと言われている客なので、必ず廻らなければならないというものでもなかった。

普段は殺風景な自身番も、この時ばかりは飾りつけをして、出店《でだな》のような華やかさがある。中では町内の町年寄や大家が詰め、他に鳶の頭やらが集まって結構な混雑だった。

「兄さん、ご苦労さんです」

下っ引きの正吉が伊三次を見ると頭を下げた。町内で誂《あつら》えた揃いの浴衣に身を包み、頭は早くも豆絞りの手拭いで鉢巻きにし、その鉢巻きの後ろに造花の一枝を飾っている。そういう恰好はなかなか正吉に似合った。

増蔵の姿が見えなかったが、すぐに戻って来るはずだから、ひと休みしたらどうかと正吉は言った。気を利かせて炊き出しの握り飯も勧めた。

「こいつはありがてェ。忙しくてろくに飯を喰う暇もなかった」

「祭りの最中は寄ってくれたら、何んか喰うもんはありますよ」

正吉は茶も勧めてにッと笑った。

「増さんも忙しそうだな」

自身番の隅に腰を下ろした伊三次は胡麻をまぶした握り飯を摘《つま》んで言った。

「親分は病人が出たので医者を呼びに行ったんですよ」

「そいつは大変だ。病人は祭りだろうが何んだろうが待っちゃくれねェからな」

「へい。深川の医者は藪《やぶ》ばかりだから、もっと腕のいい医者を捜して来いと山丁の大将にどやされて、親分は慌てて江戸に行きやした。そろそろ帰ってくる時分ですよ」

山丁と聞いて伊三次の胸がコツンと堅くなっていた。誰だろう。奉公している大工の一人だろうか。それともお内儀か。祭りの準備に忙しくて心ノ臓にぐっと来たのだろうか。

「病人は山丁から出たのか？」

伊三次は恐る恐る正吉に訊ねた。

「さいです。ほれ、鈴本で板前をやっていた男で、おみよちゃんの亭主になるとかいう……名前ェは何んと言ったかなあ？」

「日出吉」

「そうそう日出吉だった」

「ひでがどうした？」

口の中の握り飯が途端に味を失っていた。

「兄さん、知り合いなんで？」

「餓鬼の頃からのダチだ」

「そいつァ……」

正吉の表情に気の毒そうな色が浮かんだ。

「それで、どういう按配なんだ」

伊三次は正吉に話の続きを急《せ》かした。足場から落ちて怪我でもしたものだろうか。伊三次の父親はそれがもとで命を落としている。喰い掛けの握り飯を伊三次は皿に戻した。

「何日前になるかな。おいらのダチで左官をしている熊ってェのがいるんですよ。その熊が山丁の仕事をしたんです。その時、日出吉と口を利いて、弁当も一緒に喰ったらしいです。熊は話がおもしれェから、日出吉は仕事中も熊の傍を離れなかったそうですよ」

「前置きが長げェんだよ、手前ェの話は。ちゃっちゃと話せ」

伊三次は苛々して正吉を怒鳴るように言った。

「へい。それでね、熊と一緒にしょんべんにも行って……」

「しょんべんの話なんざ、どうでもいい。ひでのことだ！」

伊三次の甲走った声に後ろの年寄り連中から咎めるような視線が向けられた。

「だけど兄さん、しょんべんが肝心な話なんですぜ」

「おきあがれ。ひでがしょんべんを洩らしたってか？」

「違う違う」

伊三次の剣幕に比べ、正吉は呆れるほど呑気な物言いをしていた。

「日出吉は真っ赤なしょんべんをしていたそうです」

「………」

ぞっと伊三次の背中が粟立った。そんなことは知らなかった。日出吉の顔色の悪さに心配したことはあったが、それは慣れない仕事をしている疲れから来るものだろうと、さほど気にも留めていなかったのだ。

「熊はびっくりして、お前ェ、どっか悪りいんじゃねェかと訊いたそうです」

日出吉は以前にも赤い小便が出たことがあると言った。しばらくすると出なくなったので治ったと思っていたそうだ。

「おいら、その話を熊から聞いて親分に話したんですよ。親分、びっくらこいて山丁の大将の所に行ったみたいです。それから間もなくだったなあ、日出吉が倒れたのは……」

山丁から声が掛からなかったのを幸いと思っていた自分の迂闊さを伊三次は悔やんだ。

「正吉、台箱預ってくれ。おれはちょいと山丁を覗いて来る」

「いいですよ」

伊三次が自身番を出ようとした時に増蔵が、ようやく戻って来た。伊三次を見ると一瞬、眉間に皺を寄せた。難しいことが起きた時の増蔵のくせだった。

「増さん、ひではどんな按配なんですか？」

そう訊ねた伊三次に増蔵は力なく首を振った。

「今晩が山だそうだ。日出吉はもう、声を掛けても返事もできねェ」

「………」

あまりの衝撃に伊三次は呆然と増蔵の顔を見つめたままだった。

「何んだってこんなことに……」

ようやく言った伊三次の声がくぐもった。

「仕方がねェ。日出吉は運がなかったんだ。そう思うしかねェ……」

増蔵にそう言われて、伊三次はふと思い出した。日出吉には、どこか要領の悪いところが昔からあった。

喧嘩をしても勝ったためしはなく、いつも殴られるのが日出吉ならば、木戸番の店で駄菓子をくすねても捕まるのは日出吉と決まっていた。どうしてこいつは要領が悪いのか。その度に伊三次は苛々したものだ。

そのまま大人になっても日出吉は変わっていない。あの時のままだと思う。

「大将のせいだ。大将がひでをこんな目に遭わせたんだ」

「伊三次、落ち着け。日出吉の病は大将のせいじゃねェ。もともと罹《かか》っていたものなんだ」

増蔵は慌てて伊三次を制した。

「それでも無理をさせたから病が進んだんじゃねェですかい？　こんな急に……」

後から後から噴き出る涙は止まらなかった。

「医者はな、小便を出す袋にでき物があって、それが破裂したと言っていた。手遅れだそうだ」

伊三次は、喉に塊ができたような気がしていた。

無理矢理唾を飲み込んで、伊三次は口を開いた。

「これから山丁に行って来ます」

「ああ、そうしてやれ」

「ひでは祭りの神輿を担ぐことだけ楽しみに慣れない仕事を頑張っていたんですぜ。その神輿も担げねェなんざ、あんまりだ。神も仏もありゃしねェ……」

「わかった。わかったからもう泣くな。いいか？　腹を立てて大将に喰って掛かるなよ。大将だって気持ちは動転してるんだ。連れてった医者の胸倉摑んで治せ、治せの一点張りだ。お内儀さんも市助さんも宥《なだ》めるのにえらい苦労していた。お前ェが余計なことを喋って、事をあら立てれば、寝ている日出吉が気の毒だ。くれぐれもそれは言っておくぜ」

伊三次は洟を啜って肯いた。増蔵は懐から手拭いを取り出して伊三次に渡した。それを鼻に押し当てると「そいじゃ……手拭い借りやす」と言って歩き出そうとした。

「伊三次、台箱、持って行かねェのか？」

増蔵は伊三次の腕を摑んでそう言った。

「え？」

怪訝な眼をした伊三次に増蔵は「いや、もしかして、頭を拵える用事もできるかと思ってよ」と低く言った。

「縁起でもねェ」

伊三次は吐き捨てた。

「様子がいいようだったら明日は宵宮だ。頭ァ撫でつけてよ、正吉みてェに花でも飾ってやったら日出吉は喜ぶんじゃねェか？」

増蔵は慌てて、取り繕うように言った。

増蔵を睨む伊三次の眼が弛《ゆる》んだ。伊三次は納得したように二、三度肯いて台箱を手にした。

閻魔《えんま》堂《どう》に向かう道は人の往来が激しかった。

ざわざわとした喧騒の中で伊三次の胸の中はしんと冷えていた。周りの景色が、まるで知らない町に紛れ込んだように思えた。

七

山丁は祭り提灯も幕もなく、静かだった。

堀割の川並鳶の声も聞こえないので尚更、そんなふうに思えたのだろう。川並鳶も明日からの祭りの準備に追われているのだ。赤筋《あかすじ》入りの半纏で、木遣りを唸りながら町内を練り歩く。その声がどんなふうに聞こえるのだろうかと、ふと思った。

伊三次は裏口に廻り、そっと中に足を踏み入れた。いきなり丁兵衛の広い背中が眼に入った。山丁の半纏を羽織った背中は、年寄りのように丸まっている。

「大将」

声を掛けた伊三次に丁兵衛はゆっくりと振り向いた。

「髪結いは頼んでねェぞ」

だみ声が伊三次に降った。

「ひではわたしの友達です。見舞いさせて下せェ」

「見舞いなんざいらねェ。帰れ！」

「今夜が山だと聞きやした。後生だ、大将。ひでに逢わせて下せェ」

「手前ェ、おれに逆らうのか？」

立ち上がった丁兵衛は伊三次の視界をほとんど塞いでいた。

「お父っつぁん！」

奥から出て来たおみよが悲鳴のような声を上げて丁兵衛を制した。

「伊三次さんはひでさんの幼なじみなのよ。心配して来てくれたのに何んてことを言うのよ」

「うるせェ」

丁兵衛はおみよを振り返って吠えている。自分に言葉を掛ける者が、いちいち気に入らないという顔だった。

「伊三次さん、上がって。お父っつぁん、少しおかしくなっているの。気にしないで」

おみよにそう言われて、伊三次は踵を擦り合わせるようにして雪駄を足から外した。

丁兵衛の横を通り過ぎる時、低い声が伊三次に聞こえた。

「大工のなりそこないが……」

かッと伊三次の頭に血が昇った。

増蔵から逆らうなと言われたのを忘れた訳ではない。しかし、日出吉が倒れた衝撃が、思わず丁兵衛に口を返させていた。

「大工じゃなけりゃ、人じゃねェということですかい。それほど大工って偉い商売なんですかい？」

「何んだと？」

ぎらりと丁兵衛の眼が光った。獲物を狙っていた獣のようだった。

「なるほど大将は腕のいい大工だ。その身体だ、人の三倍、働くのも肯けるというものだ。ですがね、手前ェのやり方が誰もに通じると考えるのは大間違いだ」

そう言った拍子に丁兵衛の拳骨がまともに伊三次に降った。頰骨の鳴る鈍い音が脳天まで響いた。おみよが「やめて、やめて」と泣き叫んだ。市助と奉公している大工が三人ほど出て来て丁兵衛を押さえつけた。

だった。

「伊三次、やめろ！」

市助が丁兵衛を押さえたまま甲高い声を上げた。そんな市助を見たのも初めてのことだった。

「おれァ、殺されたって喋るぜ。ひでをこんな目に遭わせやがって。ひでは大工じゃねェ、はなっから板前なんだ」

丁兵衛は押さえつけられた腕を振りほどこうと、もがいた。奉公人の一人がその力を押さえ切れずに襖に飛ばされ、襖は手前にばったりと倒れた。

開いた襖の向こうには、蒲団に寝かせられた日出吉の姿があった。

「ひで……」

伊三次は呆然と突っ立ったまま、そんな日出吉を見下ろした。日出吉の周りにいた者は詰《なじ》るような眼で伊三次を見ている。おふじ、おりつ、お鈴、医者。騒ぎを起こすなら見舞いなどいらないという眼だった。

「ひで、ひでよう……」

伊三次はそんな眼に構わず日出吉の枕許に、おぼつかない足取りで進んだ。後ろで丁兵衛が「離せ」とわめいている。

「どうしてこうなっちまったんだ？　え？　神輿担ぐのはどうなった？　約束したじゃねェか。きっとお前ェの担ぐところを見るって。明日は宵宮だ。もちっと頑張れなかったのかい？　よう、ひで……返事をしてくれ。頼むから……」

　おみよが堪え切れずに後ろで細い泣き声を上げた。それと同時に女達も袖で眼を押さえた。

「大将のせいだな。お前ェは悪くねェぜ。大将は人じゃねェ、鬼だ！」

「伊三次！」

　市助が傍にやって来て、伊三次の顎をきゅっと摑んだ。存外に強い力だった。

「それ以上言ったら、おれが許さねェ。おれの親父になった人だ。黙って聞いてる訳には行かねェ」

　市助の言葉に丁兵衛は、ようやく動きを止めた。座敷にどんと腰を下ろすと、荒い息を洩らしている。

「だけどあんちゃん、ひではひでは……」

　言葉が続かなかった。誰かのせいにしなければ伊三次も気が済まなかったのだ。市助はそんな伊三次の気持ちを知っていたのだろう。

「ひでの傍にいてくれ。何も言わず傍にいてくれ」

　市助は伊三次の眼を覗き込むようにそう言った。

　眼を閉じている日出吉は喘《あえ》ぐような息をしている。その顔がひと回りも小さく見えた。

　伊三次は日出吉の傍に座ると、もう何も言わず黙ってその顔を見つめ続けた。

人垣が二重、三重に永代通りの両端にできている。群衆は神輿がやって来る度に歓声を上げ、拍手を贈る。各町内ごとに趣向を凝らした神輿がすでに何挺も深川八幡宮の境内に入って行った。神輿を担ぐ男達の勢いに跳ね飛ばされて泣き出す子供もいる。

下帯一枚の男達の身体は汗にまみれていた。皆、真剣な顔つきだ。汗が陽の光に反射して砂金のように輝いて見える。

境内では深川の芸者衆が手古舞《てこま》い姿で男達を迎えていた。芸者衆は揃いのたっつけ袴、手甲《てつこう》、脚絆《きやはん》、草鞋《わらじ》履き。羽織った上着は袖を抜いて腰のところで折り返して下げている。中の白い小袖に緋色の襷《たすき》が眼に眩《まぶ》しい。頭はいつもと違う男髷。左手に錫杖《しやくじよう》を持ち、右手には「ふかがわ」と崩し字が入った扇子を持っている。

神輿が到着する度に、格別働きのあった男の名を囃《はや》し立て、錫杖を賑やかに鳴らした。一列に並んだ手古舞いの芸者衆の後ろには別の芸者衆が三味や太鼓で景気をつける。芸者衆は男達を囃す合間に揃いの振りでくるりと回った。

芸者衆の中にお文の姿があった。野次馬の整理に余念のない伊三次だったがお文の姿は捉えていた。手古舞い姿のお文は普段より婀娜《あだ》な魅力が増して人目を惹いた。

ひと際大きい木場の男達の神輿が現れると人垣から怒濤《どとう》のような歓声が上がった。八幡宮の神輿はそれが頂点でもある。

男達の体格も、それまでの神輿の担ぎ手とは格段の差がある。さすがに力仕事で鍛えた身体をしていた。誰しも背中や腕に見事な彫り物を刻んでいた。がえん彫りと言って、膚の色が見えないほど彫り物で埋め尽くしている者もいた。

群衆が興奮のあまり前に出るのを防ぐため、浴衣を尻っぱしょりした伊三次は両手を大きく拡げて人垣の前に立ちはだかり、神輿が通りすぎるのを見ていた。

後ろ鉢巻きの男達は掛け声を揃えながら伊三次の前を通り過ぎた。下帯の白さが赤銅色に灼けた膚に映える。空は雲一つない絶好の祭り日和《びより》である。陽の光が燦々《さんさん》と男達に降り注いでいた。

それは夢か幻であったのだろうか。

伊三次の目の前を雷神の彫り物をした男の背中が通って行った。

「ひで！」

思わず声が出た。伊三次に呼ばれた男は瞬間、振り返ったが、陽の光がまともに男の顔を照らし、その表情は定かにはわからない。

白い眩しい光を浴びた男は微かに伊三次に向けて笑ったような気がした。

「ひで！」

伊三次はもう一度叫ぶように男を呼んだ。

そんなはずはなかった。日出吉は宵宮の朝に息絶えたのだから。

伊三次は動かなくなった日出吉の頭を丁寧に拵えた。白い元結は日出吉の死出の装いの一つにもなった。丁兵衛は自分の祭り半纏を日出吉に被せた。でかい半纏が、まるで日出吉には、どてらのようにしか見えなかったが、それを笑えば涙は倍も伊三次の眼から噴き出した。

「ひでは大工だ。立派に大工だったんだ」

丁兵衛は自分に言い聞かせるように、いつまでもぶつぶつと言っていた。

丁兵衛の心の中は結局、伊三次にはわからなかった。一人の板前を大工にさせたこと、そこに後悔はなかったのだろうか。娘のためか、大工という仕事に対する揺るぎない矜持なのか、伊三次にはわからなかった。

ものに憑《つ》かれたように伊三次は人垣を制止する手を下ろし、神輿の後を追っていた。支えを失った人垣は崩れ、伊三次を押し退けて、どっと前にせり出した。人垣と神輿の男達の境目もなくなっている。

「伊三次、何してる！」

はす向かいの増蔵の罵声が飛んだ。お文の眼も訝《いぶか》しそうに伊三次を見ている。月代《さかやき》を焦がすほどに陽射しは強い。真夏に逆戻りしたような日である。陽射しにもまして、人々の熱気が暑い。

だらだらと汗をかきながら、伊三次は雷神の彫り物をした男を追い掛けるのをやめなかった。

菜の花の戦《そよ》ぐ岸辺

一

神無月《かんなづき》の江戸は、そろそろ暮めいている。

この月は諸々《もろもろ》の神が出雲に行くので社《やしろ》を留守にするから神無月と言うらしい。

廻り髪結いの伊三次は年寄りの客から、そんな言い伝えを聞いた。それじゃ、今の江戸には神さんはいないのかと、妙に心細い気にもなった。

今年は春から、さっぱりいいことはなかった。伊三次の身辺ばかりでなく、江戸の市中も不景気風が吹き荒れ、物騒な事件ばかりが立て続けに起こった。幼女のかどわかし、押し込み、付け火、親殺しに子捨て、無理心中。足を踏んだ、踏まないなどというつまらない喧嘩沙汰は、しょっちゅう起きている。

年も押し迫って来ると、押し込みの類が横行するようになった。おかしなもので、一つ事件が持ち上がると、それと似たような事件が二つ三つと続く。連続した事件でしかも手口が似ているときては、同一の下手人を考えたくなるが、捕らえてみれば顔も形も違う下手人で、似ていると言えば金がどうでもほしかったの口書《くちがき》（自白書）の文句ばかりであった。

金は誰だってほしいさ。人の金を盗んで、しかも殺しまで働いて、それで捕まらずに済むと考えるなんざ、愚の骨頂。遣った金は極楽の味がしたかい？　だがお前ェはこれから地獄行きだぜ――伊三次は小塚《こづか》っ原《ぱら》の仕置場に送られる馬上の下手人に胸の中で呟いている。

今年、そうして仕置場に送られる下手人を何人眺めたことだろう。その中には自分と同じ同心の小者を務める者もいた。

押し込みをした下手人を捕らえるのは比較的容易であった。事件が起きると、まずは吉原の見世で金遣いの荒い者を探る。

派手に小判で支払いをする者に目星をつける。持ち慣れない金を手にすると、一度は吉原で散財したいと考えるようだ。苦労して貯めた金ではないから金離れのよさも人目を惹く。次に大店《おおだな》の呉服屋である。ここでも下手人は脂下《やにさ》がって腕に縋《すが》りつく女に派手な買物をしてやることが多い。そうして怪しいと睨んだ者を自身番にしょっ引いて、ちょいと脅せば気の弱い者なら、すぐに自白することになる。

自分なら、そんな馬鹿な金の遣い方は決してしないだろう。しっかりと隠して……いずれ床《とこ》を構える資金にする。

押し込みを働く訳でもないのに、伊三次はそんなことを考えることがある。

その日、八丁堀の不破友之進の組屋敷に行き、出仕前の不破の頭をいつものように拵《こしら》えた。毎朝、不破の所を訪れ、そうして日髪日剃《ひがみひぞ》りの不破の世話をするのが伊三次の日課でもあった。

いつもと同じ手順で仕事をしたつもりだった。しかし、伊三次の気持ちのせいか、不破の体調のせいか元結で束ねた髪を髷棒《まげぼう》で引っ張った時、不破は調子が違うと不満を洩らした。束ねた髪の引っ張り加減が悪かったらしい。もう一度やり直したが、不破はねちねちと小言を言った。

黙って俯いている伊三次が気に入らないのか、仕舞いには大音声で怒鳴った。不破の妻が助け船を出してくれなかったら、ほっぺたの一つや二つ、張られていたかも知れない。

それほど不破の機嫌は悪かった。事件が頻繁に起きていたので不破も疲れが溜まっていたのだろう。

午後に京橋の自身番で落ち合う話を伊三次は上の空で聞き、早々に組屋敷を後にしていた。

二

鎧《よろい》の渡しで小網町に出ると溜め息が出た。それから深川に向かうつもりであったが、ひどく足が重かった。季節になって羽織った綿入れが、それまでの着流しの袷《あわせ》と違って肩のところでもたついているようにも感じられる。下は千草《ちぐさ》の紺の股引き、紺足袋に雪駄履き。少し痩《や》せたせいだろうかと、朝からすっすっきりしない身体に伊三次は苛立ちを覚えていた。

堀沿いに北に向かい大伝馬町の通りに出た。そこは大店《おおだな》が軒を連ねていて、朝から人の往来も多い。ひと際目立つ「糸惣《いとそう》」の軒看板が見えた時、隠居はどうしているだろうかと、ふと伊三次は思った。

糸惣は大伝馬町にある小間物問屋だった。以前はそこによく通っていた。伊三次は大旦那の惣兵衛《そうべえ》の頭を任されていたからだ。

惣兵衛は家督を息子に譲って今は隠居している。二年前に中風を患ってから髪を結うのも大儀になり、座頭《ざとう》のように丸刈りにしてしまった。そうなると、わざわざ伊三次を頼むまでもなく、女中が鋏《にきろ》を使って惣兵衛の頭をやるようになった。自然に伊三次の足も遠退《とおの》いていた。

店の前を通り掛かったついでに惣兵衛の様子を訊ねてみようという気になった。元気でいれば、ひょっとして髭の一つも当たらせてくれるかも知れない。

伊三次は間口六間半の堂々とした店構えの糸惣の前に立つと、ちょうど客を送り出して外に出ていた中年の番頭に声を掛けた。

その番頭は伊三次の顔を憶えていて愛想のいい笑顔で応えてくれた。惣兵衛は最近、身体がとみに弱り、寝たり起きたりの暮しをしているらしい。番頭は伊三次に裏口に回るように言った。具合がよければ、惣兵衛は裏口の前に床几《しょうぎ》を出して日向ぼっこをしているという。

店の横の狭い小路を入って行くと、小屋に囲まれた庭のような所に出る。米の小屋、炭小屋、味噌、醬油など調味料が入っている小屋、梅干し、漬物の小屋、それに使わない食器を入れて置くものと、用途に分けて建てられている。商売の品物を入れてある店蔵は、そことは別の場所にあった。丁稚十二、三人、奥の女中は五人。それに手代、番頭を入れると奉公人の数もかなりのものになる。食事の用意も並大抵ではない。

小屋の戸の幾つかは開け放され、女中が笊《ざる》や桶を抱えて台所と小屋を忙しく行き来していた。中央に手頃な石で囲った小さな花壇があり、萩や桔梗《ききょう》の花がひっそりと咲いていた。店前と違って日当たりがよくないせいか、花には精彩がないように思われた。

惣兵衛は番頭が言った通り、台所の戸口の傍に置いてある床几に腰を下ろし、目の前の花々を見るとはなしに見ていた。

背中が丸くなり、以前よりひと回りも小さくなったような気がする。今では店に出ることもないようだが、そこは大店の隠居、媚茶《こびちゃ》の着物に対の袖無しを重ね、博多の帯もきちんと結ばれている。陽に晒されていない顔が蠟《ろう》のように白く見えた。

「ご隠居様、お早うございます。髪結いの伊三次です。お久しぶりです」

伊三次はぺこりと頭を下げた。最初は誰かわからないような表情をしていた惣兵衛だったが、すぐに童子のような笑顔を見せた。

「伊三次、髪結いの伊三次」

低く確認するように惣兵衛は呟いた。

「へい」

惣兵衛は床几から腰をずらし、空きを作ると、そこに座れというように床几の上を骨太な掌で叩いた。伊三次は遠慮がちに惣兵衛の横に腰を下ろした。

「ご隠居様、年は幾つになりやしたんで？」

「はん、年なんざ、嫌やになるほど取っちまって……八十を三つも過ぎたかな」

惣兵衛は歯のない口許をほころばせて言った。

「それでも眼や耳もお達者なようで、結構なことです」

「何が結構なものか。身体中が軋《きし》みを立てているよ。飯を喰って糞《ばば》ひるのも面倒に思う時があるよ」

「そいつァ、ご隠居様に限らず、わたしだってそうですよ」

伊三次がそう言うと惣兵衛は途端に心配そうな表情になり「商売がうまく行っていないのか」と訊ねて来た。

「いえ、そっちは何んとか……」

「そうか。床は構えたんだろう?」

「お恥ずかしいんですが、まだそこまでは元気がありやせん」

伊三次は首を竦《すく》めた。

「何んだ、だらしがないぞ。わしがお前の年頃には間口一間だったが店の主になっていたぞ」

商売の話になると惣兵衛の眼が輝いた。根っからの商人である。糸惣の立派な構えの店も惣兵衛が一代で築いたものだった。

「お前が床を構えるとなったら、長いつき合いだ。祝儀の一つも出そうと考えていたんだ。それがさっぱり音沙汰もない。この調子じゃ、お前が床を構える前にわしにお迎えが来ようというものだ」

「あいすみません、ご心配をお掛けして」

「女房は貰ったのか？」

惣兵衛は畳み掛けるように訊いた。

「そいつも……まだです」

「女房にする女がいると言っていたじゃないか」

惣兵衛は自然に詰《なじ》る口調になった。

「へい。それも色々と事情ができまして、うまく行きやせんでした」

伊三次の言葉尻に吐息が混じった。

「そうか……」

惣兵衛は伊三次から視線を逸らし、花壇に眼を向けた。萩、桔梗の他に伊三次の知らない花も咲いている。花壇の傍には空き樽が無造作に置いてあり、油で煮染めたような雑巾も紐を渡して干してあった。大店も裏に回れば、そのように人の目に見苦しい景色もある。

「おや、伊三次さんじゃないか」

襷《たすき》掛けをした女中が出て来て伊三次に声を掛けた。古くからいるおりきという女中頭だった。体格のいい女である。女相撲と陰口を叩く者もいるほどだ。伊三次は腰を浮かしておりきに頭を下げた。おりきは久しぶりに訪ねて来た伊三次を懐かしむというより、惣兵衛の相手ができたことを喜ぶ表情だった。

「珍しいこと」

「へい、ちょうど店の前を通り掛かったもんですから、ご隠居様の顔を見たくなりましてね」

「ゆっくりして行って下さいな。ご隠居様も退屈していますから。何ならお昼も食べてって下さいましな。ねえ、ご隠居様」

おりきは惣兵衛をあやすように言った。惣兵衛はおりきの言うことに黙って肯いている。

主人としての威厳はとうに惣兵衛から失われていた。伊三次にはそれが少し寂しかった。台所では女中達のお喋りがやかましい。外に惣兵衛がいることなど意に介してもいない。伊三次が当てつけるように台所の油障子を閉めると女中達のお喋りは少しの間、鳴りを鎮めた。

惣兵衛は自分の話を聞いてくれる伊三次が嬉しいらしく、よく喋った。伊三次は暇乞《いとまご》いをするきっかけを窺っていたが、容易にそれは訪れて来なかった。おりきが茶の入った湯呑を差し入れて来たから尚更である。

「わしもなあ、昔、好きな女がいたんだぞ」

世間話がひとしきり済むと惣兵衛はぽつりと呟いた。

「お内儀《かみ》さんではなくて、ですか？」

「当たり前だ。女房を好きな女と言うかい」

惣兵衛はむっとした表情になった。伊三次に含み笑いが洩れた。心持ちだけは存外に元気のようだ。

「それもそうですよね。ご隠居様が好きだったのはどんな女《ひと》なんです？」

「柳橋の芸者だった」

「………」

「菊弥《きくや》と言ってな、三味も踊りもそりゃあよかったぞ」

芸者ということが伊三次に惣兵衛の話を聞いていてもいいような気にさせていた。お文の顔がちらりと脳裏を掠《かす》めた。

伊三次の塒《ねぐら》の文机には、簪《かんざし》が置いてある。お文が自分のいない時に、そっと置いて行ったものだ。お文から遠退いた時間が埃となって簪に降り積もっていた。伊三次はそれを捨てることも、仕舞い込むこともできなかった。手を触れることさえ躊躇《ためら》われた。手を触れたら、それだけで何かが壊れそうな気がした。お文と自分をつなぐ微《かす》かな何かが。伊三次はそれが怖くもあった。だから簪は今もそのまま文机の上にあるのだ。

「さぞ、きれえな女だったんでしょうね」

伊三次は世辞のつもりで惣兵衛に言った。

「美人じゃなかったが愛嬌のある顔をしていたよ。わし、その女に因《ちな》んで白粉《おしろい》の名を菊《きく》弥香《やこう》にしたんだ」

「菊弥香の由来はそこにあったんですか。こいつはごちそう様です」

菊弥香は糸惣の目玉商品だった。膚を白くし、肌理《きめ》を整えると評判になり、旗本屋敷の奥方を始め、奥女中も大層、贔屓《ひいき》にしている。

それを真似た町家の娘達が、こぞって求めるようになってから、糸惣の身代が太ったのだ。しかし、それは惣兵衛が菊弥と別れて十年も経ってからのことだという。

「奉公していた店から暖簾分けが叶い、店を構えた一年目から商いは繁昌した。本店《ほんだな》からの引き立てもあったからだろう。そのまま順調に行くものだとわしは思い込んでいた」

惣兵衛は懐が暖かくなると茶屋遊びに心魅かれた。独立するまで、ろくに遊びを知らずに働いて来たからだ。菊弥とは茶屋の座敷で知り合った。惣兵衛は一目で菊弥の虜《とりこ》になったという。菊弥の愛嬌のある顔もそうだが、芸事に堪能なところと、客との機転の利いた会話ができる頭のよさが大きな魅力であった。そんな女は惣兵衛には初めてだった。菊弥を見ると鼻の下を伸ばす惣兵衛は茶屋のいい鴨《かも》になっていたのかも知れない。

菊弥も最初、さほど惣兵衛に気を惹かれている様子はなかったが、馴染みを重ねる内に次第に惣兵衛に傾いて来たという。惣兵衛が菊弥に胸の内を明かすのには、さして時間が掛からなかった。惣兵衛は菊弥を妻に迎えるつもりであった。

ところが糸惣の開店二年目に入って、極端に売り上げが落ちてしまった。本店の引き立てが以前よりなくなると、客は糸惣から離れ、以前の贔屓の店で品物を求めるようになったからだ。糸惣には当時、これと言った商品がなかったことも原因であろう。加えて菊弥と逢うための茶屋の掛かりも馬鹿にならない額となり、惣兵衛は早くも借金で首が回らない状態に陥ってしまった。

どうしたらいいものかと日夜、惣兵衛は頭を悩ました。しかし、店のことより菊弥と添えないことの方が惣兵衛には重大な問題だった。惣兵衛は菊弥に真実を訴えた。このままでは掛け取りに追われ江戸にいられなくなる。

菊弥も茶屋に前借りの金があり、それをきれいにしないことには自由が利かない。本当はその借金も面倒を見るつもりであったが、惣兵衛に、もはやその力はなかった。

惣兵衛は自分の実家のある信州に駆け落ちしようと菊弥に言い、菊弥はそれを承知した。人に気づかれてはまずいので日を決め、とにかく道中の路銀だけでも拵えて落ち合うことにした。

惣兵衛は何喰わぬ顔で店を続け日銭を稼いだ。掛け取りには、とにかく延ばせるだけ日を延ばした。

本店の大旦那が糸惣を訪れて来たのは菊弥と落ち合う前々日のことだった。大旦那は糸惣の思わしくない噂を聞いて心配して来てくれたのだ。

店の内情を話す惣兵衛の辻褄《つじつま》の合わない話に大旦那は「店を潰《つぶ》す気だな、お前」と、ぎらりと鋭い眼で睨んだ。惣兵衛はそれ以上の言い訳ができなかった。商いの玄人の大旦那にごまかしは利かない。

「そんなことになったら、暖簾分けしたうちの店にも傷がつく。それもわからないのか、この恩知らず！」

大旦那の怒りは凄まじかった。普段は温厚で高い声を上げることなど滅多にない人だった。惣兵衛の人柄と商売の才覚を見込んで暖簾分けに賛成してくれたのだ。惣兵衛はその大旦那の期待に応える前に店を駄目にしようとしている。他の奉公人に対しても示しがつかない。自分の立つ瀬もない。大旦那は仕舞いには声を震わせ、涙を浮かべて悔しがった。そんな大旦那に惣兵衛は黙って平身低頭するばかりであった。

大旦那は店の立て直しを渋々引き受けてくれた。もちろん、菊弥と別れることが条件の一つでもあった。逢うこともならぬと釘を刺された。だから惣兵衛は菊弥と約束した場所に行っていない。

「わし、それから本店の親戚筋の娘を女房にした。それが今の婆さんだ。婆さんの持参金で借金の穴埋めをしたんだ」

惣兵衛はそう言った。商いがようやく落ち着きを取り戻した一年後、惣兵衛は菊弥と約束した同じ日に、その場所を訪れてみた。そうせずにはいられなかった。本所の竪川沿いにある舟着場の一つだという。菊弥がどういう気持ちで自分を待ったのか少しでも知っておきたかった。

舟着場に下りると、岸辺には一面の菜の花が咲いていた。春の心地よい風が黄色の花を静かに揺らしていた。さわさわと戦《そよ》ぐ菜の花の景色が惣兵衛には、ひどく明るく、そしてこの上もなく寂しく映ったという。

惣兵衛はその時の景色を思い出して、遠くを見るような眼になった。

「わしなあ、伊三次。やはり悔やんでいるんだ。菊弥と逃げりゃよかったたって……」

「……」

「店が繁昌したからって、それが何んだ？　金が入ったところでそんなもの、あの世まで持って行ける訳でもなし。どうせ人は死ぬんだ。どう生きても人の一生よ。わし、そう思う」

「しかし、金を手に入れるために人はあくせく働いておりやすよ」

「世の中、金か？　お前、そう思うか？」

「今のわたしはそうですね。気随気儘《きずいきまま》の暮しも金があってからの話です」

そう言った伊三次に惣兵衛はチッと舌打ちした。

「わしの年になってみろ。ああもしたかった、こうもしたかったと悔やむことばかりよ。それがすべて金という奴に阻《はば》まれてできなかったことばかりだ……わしは金が憎い。いっそこの店の有り金すべて、紀文のようにばら撒いたら、どんなに清々するだろうかと思うよ」

「できない相談でしょう。ご隠居様の所は奉公している人もたくさんおりやす。ご隠居様がそんなことをした日には、たちまち奉公する人達が路頭に迷います」

「ふん、言うてみただけの話さね」

伊三次は思わず苦笑いした。本音はそうでも、実際に店が惣兵衛の意のままにならないことを納得しているのだ。それだけ糸惣が大きくなったということでもある。

「だからな、伊三次。この店の金は、わしが作ったものでありながら、わしの思いのままにならぬ。どういう理屈だ？　金を持つと、その持った金が今度はわしを縛る。どこまで行っても金はわしの自由にはならぬ……金は喰うのに困らぬほどにあれば、それでいいのだ」

「ですが、その金のためにわたしは女に背《そむ》かれることにもなりやした」

伊三次は惣兵衛にだけ、気持ちを素直に明かすことができた。

「女房にするとはっきり言ったのか？」

「いえ、はっきりとは……わたしの暮しに目処《めど》が立たなかったもんですから」

「お前がぐずぐずしていたからだろう。なに、当てつけさ。首根っこ摑んで連れてくればおとなしく言うことを聞くさ」

思い詰めていた伊三次に惣兵衛は簡単に応えた。

「伊三次、年寄りの話は一つぐらい聞いておけ。世の中は金じゃないぞ」

惣兵衛はそう言い添えると眼を瞑《つぶ》った。話が続くのかと思ったが、惣兵衛はそのまま居眠りを始めていた。

伊三次は腰を上げ、そっと惣兵衛の傍から離れた。居眠りしている惣兵衛の顔は地蔵のように安らかだった。菜の花に囲まれた菊弥の夢でも見ていたのだろうか。

しかし、伊三次にとって、それが惣兵衛を見た最後になった。

三

伊三次は、その日、仕事らしい仕事はしなかった。糸惣で長居をしたせいだ。

深川には行かず、そのまま不破と待ち合わせる京橋の自身番に向かった。ところが半刻（一時間位）ほど待ってみても不破はやって来なかった。いつも詰めている岡っ引きの留蔵の姿も子分の弥八の姿もなかった。別の事件に関わっているのだろうかと思い、伊三次は書役《かきやく》の男に断って自身番を出た。何か調子のずれた日だった。

きっと不破は後で文句を言うに違いない。自分に非がない時でも不破の機嫌次第で雷が落ちることが今までも再三あった。構うものかと思った。一つ怒鳴られるのも二つ怒鳴られるのも同じだと伊三次は腹を括《くく》った。

京橋に来たついでに「紅屋《べにや》」という菓子屋に寄り、葛餅《くずもち》を五つばかり買った。看板娘のお紺が葛餅の包みを渡す時「よう、店を閉めたらどこかに行こうか」と誘いを掛けて来たが、伊三次は用事があると言って断った。

そんな気分ではなかったし、お紺が伊三次のことを訳知り顔であれこれ言うのも不愉快だった。元は檜物《ひもの》町に住んでいたのだろうとか、お父っつぁんは大工をしていたのだろうとか、炭町の「梅床《うめどこ》」のお内儀さんは実の姉さんなんだろうとか。

伊三次は「人別調べかい？」とはぐらかした。

お紺は十七、八だろうか。さほど広くない店を一人で切り回している。菓子はお紺の父親が奥の板場で拵えていた。葛餅が評判の店だった。伊三次が訪れる夕方頃にはたいてい売り切れのことが多い。しかし、この頃は黙っていても取り置いてくれるようになった。それはありがたいが、誘いを掛けて来るのが煩わしかった。

茅場町の一膳めし屋で晩飯を摂《と》ると、寝しなに葛餅を二つばかり摘《つま》んで床に就《つ》いた。伊三次は下戸なので菓子を好む。横になると惣兵衛の言葉が思い出された。世の中は金じゃない、と。

「そうだ、金じゃねェ」

豪気に呟いて、しかし、伊三次は空しいものを感じていた。

塒《ねぐら》の油障子が控え目に叩かれた。風かと思われたが、叩く音は続いた。土間に下りて「誰だ？」と訊ねた。いったい何刻《なんどき》だろう。定かに時間がわからなかった。

「伊三次さん、あたし。紅屋の紺です」

眉間に自然に皺が寄ったが、しんばり棒を外して戸を開けた。お紺が紙包みを抱えて立っていた。幾分、気後れした表情ではあった。

「ごめんなさい、こんな遅くに。お菓子が余っちゃったの。もったいないから、お得意様に配ったのだけど、それでもまだ残って……。夜遅く悪いと思ったけれど伊三次さんにも……」

嘘だと伊三次はすぐに感じた。

「お紺ちゃん、町木戸は閉まっているんじゃねぇのか？」

「ううん、まだ開いていたわ」

「それでも帰る時は閉まっちまうぜ」

「平気。姉さんのお産があると言えばいいもの」

町木戸は時分になれば閉じるが、産婆、医者は仕事柄すんなり通す。それと同様の理由ならば木戸を抜けるのはたやすいとお紺は考えているらしい。

「いけねェなあ」

「少し疲れちゃった。入ってもいい？」

「おれ、寝ていたんだぜ」

「ちょっとだけよ。よう、足が棒になっちまってるんだ」

伊三次はお紺の大胆さに気圧され、それ以上、断ることができなかった。吐息をついて伊三次は行灯《あんどん》に火を点《つ》けた。お紺は上がり框《がまち》に腰を下ろし、菓子の包みを座敷に置いた。

「あいにく火種を切らしちまってるから茶も淹れてやれねェぜ」

「いいの。お水を一杯下さいな」

水瓶から掬《すく》った水を湯呑に入れてお紺に差し出すと、お紺はそれをひと息で飲み干し「ああ、おいしい」と呟いた。伊三次は思わず苦笑した。

「菓子を配るなんざ嘘だろ？　おれに何か話があって来たんだろ？　聞いてやるぜ」

伊三次がそう言うとお紺は悪戯っぽい表情になり、喉の奥からくぐもった笑い声を洩らした。しっかり者で評判のお紺は顔つきにもそれが表れている。店に出ている時は年増女のような老成した表情にもなる。

下っ引きの弥八はお紺のことを「娘のおばさん」と陰口を叩いた。妙に当たっている気がして伊三次は噴き出したものだ。しかし、目の前で笑ったお紺は無邪気な若い娘でしかなかった。

「知っているくせに……」

「え？」

「あたしが伊三次さんに岡惚れしていること、知っているくせに知らん振りして」

「……」

「あたしが伊三次さんを気に入っているのは仕事に真面目なこともそうだけど、お菓子が好きなことなの。紅屋のものを贔屓にしてくれるからよ」

「そいつはどうも。おれは酒が駄目だから菓子でも喰うしかねェのよ」

「うちのお父っつぁん、ちょいと味に自信がなくなると、伊三次さんがうまいと言うだろうかって心配するのよ」

「親父さんの造るものは皆、うまいぜ。後口がさっぱりしているのもいい」

「ありがと。お父っつぁんが聞いたら喜ぶわ。あたしね……伊三次さんが紅屋に入ってくれたらって、時々思うの。そうなったらどんなにいいだろうかって……」

大胆な物言いだった。並の男なら返答に窮するはずだ。伊三次も内心ではどぎまぎしていた。しかし、そう言っているのは十七、八の小娘だから、笑っていなす余裕が伊三次にはあった。

「お紺ちゃん、あいにくおれは髪結いだから菓子屋の養子にゃなれねェよ」

「ううん、そんなこと。髪結いさんは髪結いでいいのよ。紅屋はお父っつぁんが働ける内は続けるけど、後は店仕舞いしてもいいのよ。もともとはお菓子屋じゃないもの」

それは伊三次も知っていた。紅屋はその名が示す通り、昔は小さな小間物屋だった。大火で焼け出され、向島に避難していた時、主の六兵衛が何もしないでいるよりはと、手に入る材料で菓子を拵えて売り出したのが始まりだった。六兵衛は伊三次と同じで酒よりも菓子を好み、小間物屋をしている頃から器用に柏餅や草餅を拵えては近所に配っていた。

向島ではそれが当たった。造る傍から売れた。もとの京橋に戻って来た時には小間物屋をすっぱりとやめて菓子屋に鞍替《くらが》えしていた。店の屋号だけはもとの紅屋のままである。

お紺は菓子屋になってから生まれた娘だった。きょうだいはいない。何年も子供ができなくて、ようやく生まれた娘なので紅屋の夫婦はそれこそ、眼に入れても痛くないほどの可愛がり方をした。

親が娘に甘いのをいいことに、お紺は気儘《きまま》な行動を取ることが多い。そのせいか親しい友達はあまりいないようだった。

「伊三次さん、廻り髪結いなんて、いつまでもしていたくないでしょう?」

お紺は伊三次の気持ちを見通しているような言い方をした。

「紅屋を髪結床にしてもいいのよ」

「お紺ちゃん。ありがてェけど、そいつはお紺ちゃんの考えだけで決めるのはよくねェ。親父さんのことも考えてやらねェと」

「ううん。紅屋はあたしのもの。あたしが好きなようにしていいの」

「………」

「松の湯の弥八にお金を盗られたんでしょう?」

「どうしてそんなことまでお紺ちゃんは知っているんだ」

伊三次は呆れるというより不快な気分になっていた。松の湯は留蔵の家業である。弥八は留蔵の下っ引きを務めるだけでなく湯屋の三助の仕事もしている。昨年の暮、伊三次はその弥八に髪結床を構えるための金を盗まれた。けれど、それは周囲の人間しか知らないことだった。

「あいつ、幼なじみだから、よく知っているの。白状させたのよ」

「お紺ちゃんには関係のねェことだ」

伊三次はお紺を睨んで吐き捨てるように言った。

「あたし、心配しているのよ。このまま、いつまでも伊三次さんがぱっとしない暮しをしているのが」

「心配してくれるのはありがてェが、床を構えるのもどうするのも手前ェの力でやるつもりだ。余計な口出しはしねェで貰いたい」

伊三次がそう言うと、お紺は「馬鹿！」と低く呟いて立ち上がった。

「あんたはとことんの馬鹿よ。人がせっかく親切に言ってるのに。変な見得を切っちゃってさ。何が手前ェの力よ。今のあんたのどこにそんな力があるの？　そんなことだから女に振られるのよ。芸者の間夫《まぶ》だったくせに」

思い通りにならないとなると、途端にお紺は悪態をつき始めた。

「帰れ！」

伊三次はとうとう怒鳴った。

「ああ、帰るともさ。おおきにお邪魔さま！」

お紺は油障子を音を立てて閉め、出て行った。

出て行ってから、伊三次は夜道を帰るお紺が少し心配になっていた。しかし、そのまま行灯の火を消すと薄い蒲団にもぐり込んでしまった。


翌朝、目覚めた伊三次はいつものように不破の組屋敷へ向かう用意をしていた。手早く口を漱《すす》ぎ、顔を洗うと身仕度を整えて商売道具の入っている台箱に鬢付油《びんつけあぶら》や元結の束を入れた。綿入れを羽織り、竈《かまど》の火を確かめて雪駄に足を入れ掛けた時、「伊三次」と耳慣れない声が聞こえた。返事をするより先に油障子が開いた。

北町奉行所、隠密廻り同心、緑川平八郎が立っていた。緑川は紋付、着流しの同心の恰好ではなく、御納戸《おなんど》色の着物に媚茶の袴をつけて両刀を差している。その恰好は尾羽うち枯らした浪人のようにも見える。

隠密廻りの同心は下手人の張り込みをする時、変装することもあった。緑川は不破と昔からの友人であり、伊三次も口を利く機会が何度かあった。滅多に笑顔は見せない男だった。酷薄な表情が伊三次の気持ちを時々ひやりとさせることがある。

最初、伊三次は何か緊急な御用ができて自分にもお呼びが掛かったものと思った。

「旦那、何かありやしたんで？」

そう訊ねた伊三次に緑川はすばやく土間口に足を踏み入れ、後ろ手に油障子を閉めて伊三次を見つめた。伊三次の気持ちの底まで見通すような冷たい視線だった。

「お前、何をした」

「へ？」

伊三次は訳がわからず、狐につままれたような顔になった。緑川は苛々した様子で

「糸惣で何をした」と覆い被せて訊いた。

「糸惣は昨日、朝方に行って、ご隠居の顔を見て来ただけです。それが何か？」

「どうして糸惣に行ったのだ。あそこはお前の丁場《ちょうば》（得意先）でもないだろう」

「以前は通っていたんですよ。それで店の前を通り掛かったものですから、ちょいとお

邪魔しました。ちょいと申しましても一刻（二時間）ほどですが。埒《らち》もない世間話をしただけです」

「隠居は夜中に殺された。離れに忍び込んだ者が隠居を殺して金を奪ったのだ」

「そいつァ……」

伊三次は言葉に詰まった。何んと応えていいかわからない。あまりに突然のことだった。

「店の者が物音に気づいて離れに行ってみると部屋の中で隠居が倒れていたんだ。だが、隠居はその時、虫の息だったが、まだ生きていたそうだ。今際《いまわ》のきわにお前の名を言ったのだ」

「ちょっと待って下せェ、旦那」

伊三次は眼を剝《む》いた。どうして惣兵衛が自分の名前を出したのか訳がわからない。

「事件が起きたのは亥《い》の刻（午後十時頃）過ぎのことだ。お前、その頃どこにいた」

「もちろん、ここで寝ておりやした」

「昨日、友之進と約束した時刻にもお前は現れていない。お前の足取りは昼からぷっつりと跡絶えている。どういうことなんだ？」

「旦那との約束の時間には行きやした」

「何をいう。お前は約束の時刻より相当遅れ、ちょいと顔を出しただけでそそくさと帰ってしまったそうじゃないか。書役はそう言っていたぞ」

「おれが時刻に遅れたと不破の旦那がおっしゃったんで？」

「ああ」

伊三次は不破との約束の時刻を間違えたことにようやく気づいた。

「心持ちが尋常ではなかったのだな？　伊三次、何を考えていたのだ？」

「何も……何も考えておりやせんでした」

いや、伊三次はお文のことを考えていたが、まさかそれを緑川には言えない。

「糸惣の隠居を殺す首尾を考えていたのだろう？」

だが緑川は決めつけるように言った。

「旦那」

伊三次はすぐにお紺のことを思い出した。

「昨夜、遅くに紅屋の娘がここに来ておりやす。その娘に聞いて下さい。おれは確かにここにおりやした」

「うむ。それならそっちにも当たってみよう。とりあえず、もう少し詳しい話を訊ねるから大番屋に来てくれ」

「おれはこれから不破の旦那の頭を拵えに行くところです。大番屋にはそれが済んでから参りやす」

「その必要はない。友之進には断りを入れている。まっすぐ大番屋に来るのだ」

緑川の言葉に伊三次は愕然となった。その言い方は伊三次を下手人と見て吟味をするということだった。

「旦那、後生だ。そんなことをされる覚えはねェ。不破の旦那に話をさせて下せェ。不破の旦那ならきっとわかってくれますから」

「友之進はおれにすべてを任せると言った。情が絡めばお役目に障《さわ》りが出ると思ったのだろう」

「まさか」

耳を疑う緑川の言葉だった。不破が自分を信じていない、そんなことがあっていいものだろうか。

「じたばたせずに神妙に致せ」

「旦那はおれを下手人と思っているんですかい？」

伊三次は激しい憤りを感じながらようやく訊ねた。しかし、緑川は伊三次の問い掛けに答えず、油障子を開けると「留、しょっ引《ぴ》きねェ！」と怒鳴った。

表には留蔵と弥八が控えていた。裏店の女房達が心配そうにこちらを見ている。弥八は伊三次の顔を見て「兄ィ」と悲痛な声を上げた。

「おれじゃねェ、おれは何もやっちゃいねェ！」

伊三次は必死に叫んだ。叫びながら伊三次は妙な気持ちになっていた。下手人は捕らえられる時、決まってその台詞《せりふ》を苦し紛れに吐いた。何遍も何遍も伊三次はその台詞を聞いた。そして自分もまた、それを叫んでいるのが不思議なことのように思えた。留蔵は伊三次の顔を見ずに縄を掛け、とうとう、ひと言も喋らなかった。

四

「姉さん！」

買物に行って戻って来た女中のおみつは縁側の板の間に野菜の入った笊《ざる》を置くと、切羽詰まったような声を上げた。

笊はおみつの勢いに引っ繰り返り、葱と大根が板の間に飛び出た。

朝夕は震え上がるように冷える日もあったが、日中は暖かな陽射しも差す。前夜、客に飲まされて少し深酒をしたお文は、さんざん朝寝をしてから、ようやく起き上がったところだった。寝間着の上に綿入れ半纏を羽織った恰好で、秋の陽射しを浴びながら爪を切っていた。

「何んだえ？　そんなに慌てて」

お文は飛び出した野菜を笊に戻しながらおみつの顔を覗き込んだ。おみつは走って来たのだろう、額にも鼻の頭にも汗を滲ませている。

「兄さんが……」

おみつはそう言うと、堪《こら》え切れずに両の掌で顔を覆って泣き出した。

「伊三さん？　伊三さんがどうかしたのかえ？」

お文の胸がツンと疼《うず》いた。

「泣いてちゃわからないよ。落ち着いてお話しよ」

お文はおみつの肩を揺すった。おみつはうんうんと肯いたが、なかなか要領を得た言葉が出なかった。「兄さんが」と言いながらしゃくり上げる。「しょっ引かれた」と言っては洟《はな》を啜る。「大伝馬町の小間物問屋のご隠居が殺されて……兄さんが、兄さんが……」と後はどうにも話ができない。

大伝馬町の小間物問屋とは糸惣のことだと、すぐにピンと来た。糸惣の隠居が伊三次を可愛がっていたのはお文も知っていた。昔からの贔屓の客である。そんな人を伊三次が殺《あや》める訳がない。何かの間違いだ。お文はすっと立ち上がった。

「おみつ、その話は誰に聞いたのだえ？」

「正吉さんの友達に……」

おみつは切れ切れにようやく応えた。正吉は門前仲町を縄張にする岡っ引きの増蔵の子分だった。

「増蔵さんに詳しい話を聞いて来るよ。あの人なら仔細を知っているだろう」

お文は寝間着を脱ぎ捨て衣桁《いこう》から藍微塵《あいみじん》の着物をずるりと引き下ろした。手早く着替えると下駄を突っ掛け表に出た。おみつの泣き声は止まなかった。


門前仲町の自身番に増蔵はいなかった。近所の大家が留守番をしていた。増蔵は糸惣の件で外に出ているという。自分の縄張でもないのに出向いているのは、やはり伊三次が関係しているからだろうか。おっつけ戻って来るだろうという大家の言葉に「それじゃ、ちょいと待たせて貰いますよ」と、お文は自身番の座敷に上がった。

大家が淹れた渋茶を半分も飲まない内に増蔵は子分の正吉を伴って戻って来た。大家は用事があると言って入れ替わりに出て行った。

増蔵は座っているお文を見ると吐息をついた。低い声で「文吉《ぶんきち》、切れた男でも気になるのか?」と訊くと、座敷に上がり、火鉢に屈み込んで煙管《きせる》に火を点けた。文吉はお文の権兵衛名である。

「切れた切れないの話はこの際、うっちゃっといて下《くだ》っし。わっちはどうにも解《げ》せない。伊三さんが人殺しを? どういうことなんでござんすか。まして今まで世話になった糸惣のご隠居を。そんな馬鹿なことがありますか。何かの間違いでござんすよ」

一気にまくし立てたお文に増蔵は煙管の煙を吐き出し、醒めた眼を向けていた。

「誰だってそう思っているさ。まさか、まさか……おれも何度も思った。だがな、糸惣の隠居は死ぬ間際に伊三次の名を出しているんだ。それが動かぬ証拠になった。奴は床を構える金をほしがっていたし、心持ちも普通じゃなかった。魔が差したのかもしれねェ」

増蔵はまた吐息をついてから言葉を続けた。

「そいつをお前ェのせいにするつもりはねェ。男と女のことだ。傍《はた》がとやかく言う筋合《すじあい》でもねェが、こんなことになるとはな。糸惣の隠居は年のせいで、この頃は身体がめっきり弱っていた。隠居所は母屋から渡り廊下を通った離れにあるのよ。夜は隠居とお内儀さんだけだ。事件のあった日、お内儀さんは日本橋の娘の嫁ぎ先に泊まりに行って隠居は一人だった。こっそり誰かが忍び込んでもなかなか気がつかれねェ。隠居はあれで小金を持っていた。隠居所の様子を知っているのは奉公人の他は伊三次だけだ。それにな……」

増蔵は火鉢の縁で煙管の雁首《がんくび》を叩いて灰を落とすと、もう一度煙管に口をつけて強く吹きつけた。その拍子にカポッと乾いた音がした。

「伊三次は朝方に隠居と長いこと話をしている。店の者は様子を窺いに来たのだろうと言っていた。金の無心をして断られたはらいせに隠居を殺《あや》めちまったんだろうってな。

言われてみるとおれもそんな気がして……」

「……」

「可哀想に匕首《あいくち》で胸を刺されていた。さほど傷は深くなかったが何しろ年だ。血が噴き出したのを見て動転していけなくなっちまったんだろう」

匕首と聞いてお文は俄かに疑問が湧いた。

「増蔵さん、糸惣のご隠居は確かに匕首で刺されたんですか？」

「ああ。隠居の蒲団の傍にその匕首が落ちていた。それには間違いねェ」

「増蔵さん、あの人がいつも頭に挿《さ》している髷棒《まげぼう》を覚えていますよね？」

「ああ、それがどうした」

「あれには刃物の仕掛けがしてあったのをご存知でしたか？」

増蔵は怪訝《けげん》な眼をした。

「仕込み杖のようにか？」

「あい。止め金を外すと錐《きり》のようなのが二寸ほど延びます。あの人は十手を預っていないので用心のために髷棒に細工していたんですよ」

「気がつかなかったが」

「使うところを見たことがなければ気がつかないのも道理ですよ。もしも、あの人がまかり間違って殺しを働いたとしたら、髷棒があるんですから匕首なんて使うでしょうか。

髷棒でひと突きして、血の痕《あと》を拭って頭に挿しちまえば、その方がよほど利口だ。わざわざ匕首を使って、間抜けにも現場に落として行くんですか？　増蔵さん、しっかりして！」

増蔵は薄い顎髭を撫でながら自身番の天井を睨んでいたが、ふと思い出したように口を開いた。

「事件のあった夜、三日前のことだ。伊三次は紅屋という菓子屋の娘が訪ねて来たと言っている。ところが紅屋の娘は知らない、憶えがない、若い娘が夜中に男の所を訪ねる訳がねェと言った。それもそうだ。伊三次が苦し紛れの拵え話をしているんだと不破の旦那は相手にしなかったが……そいつもちょいと引っ掛かるな」

「不破の旦那が、あの人を信じていないということですか？」

お文は眼を剝いた。そんなことは考えられなかった。お務め向きのことばかりでなく、二人は兄弟のように心を通わせていたと思っていたのだ。肯いた増蔵にお文は吐息混じりに「所詮あの人は小者で、不破の旦那にとってそれ以上の人間ではなかったってことなんですね」と呟くように言った。人懐っこい不破の表情の裏に、自分の手下までも疑いの眼で見る同心気質が仄《ほの》見える。

「紅屋の娘の言い分をお前ェ、どう思う？」

そう訊いた増蔵にお文は「さあ」と小首を傾げたが、ふと思いついたように「その娘と伊三さんはどんな繋がりがあるんでござんすか？」と逆に訊ねた。増蔵はふんと鼻を鳴らした。

「伊三次が女と切れたという噂が拡まれば、あの男前だ。寄りつく女はいっぱいいらァ」

「………」

「まあな。芸者と廻り髪結いじゃ、いい取り合わせとは思えねェ。お前ェが我慢できずに伊勢忠に靡《なび》いた気持ちはわかるぜ」

伊勢屋忠兵衛は伊勢忠と呼ばれ、材木仲買人をしている男だった。

お文はその男の死んだ父親に世話になっていたことがある。増蔵は今度、その息子にお文が世話になっていると思い込んでいるのだ。

「わっちは芸者だ。客に愛想を振り撒いて銭を引っ張ることだってありますよ。確かにわっちは伊勢忠の旦那に家も直して貰ったし、着る物の世話も掛けた。御祝儀《おはな》にしては高過ぎるかも知れない。だが、わっちは伊勢忠の旦那の囲い者になったつもりはありませんよ。亡くなった先代の好意だと思って受けてくれと伊勢忠の旦那はおっしゃいましたよ。銭に物を言わせてわっちを思い通りにしようなんて野暮なお人じゃない。仮にそう言ったとしたら、わっちは伊勢忠の旦那の言い分を蹴っていたでしょうね。これでも羽織芸者だ。芸は売っても身体は売りませんよ」

お文がそう言うと、座敷の隅で話を聞いていた正吉が「よ！」と掛け声を入れて掌を打った。

「文吉姐さん、いっ、いっちすてき」

増蔵はものも言わず立ち上がり、正吉の前に進んでその頭を張った。

「人が真面目に話をしている時に何んだ、手前ェは」

「増蔵さん、小言は後回しにして下っし」

お文はぴしりと言った。増蔵はお文の前に座り直した。

「伊三次は馬鹿な男だ。お前ェに背かれたと思って自棄《やけ》になっていたんだ」

「自棄になっていたからって人殺しを働く訳がありませんよ。増蔵さん、後生だ。不破の旦那が当てにならないのなら、せめて増蔵さんだけでもあの人を信じて。わっちは何んでもするから」

「お前ェに何ができる？」

「わっちは紅屋の娘が引っ掛かる。嘘を言っているような気がしてならないんですよ」

「その娘の口を割らせるのはちょいと難儀だぜ。弥八の話だと結構なしたたか者だそうだ」

「それは会って話をしてからのことですよ。わっちはこれから、その紅屋の娘の所に行って来ますよ」

お文はそう言って腰を上げた。

「文吉、慌てるな」

増蔵はお文を制した。

「増蔵さん、これが慌てずにいられますか。牢送りになった下っ引きがどんなことになるか、あんたも満更知らない訳でもあるまい。お白州に出る前に苛め殺されちまいますよ。牢の中には、あの人の顔を憶えている者が何人もおりますからね。しょっ引かれた恨みをここぞとばかり晴らすでしょうよ。大番屋にいる内はまだましというものだ。とにかく増蔵さん、本当の下手人を早く捜して。あの人にもしものことがあったら、わっちは一生恨みますよ。いや……わっちは後を追うかも知れませんよ」

お文は増蔵を脅すように低く言った。

「きゃあ、姐さん、芝居の心中もののような台詞だ。乙にすてき、すてき」

正吉の能天気な物言いに、増蔵の手がまた伸びていた。

五

紅屋の場所を定かに知らないお文は舟で日本橋に着くと、そこからまっすぐに京橋の松の湯に向かった。留蔵に訊ねるつもりだった。

松の湯に留蔵はいなかった。下っ引きの弥八が出て来て「親分は自身番です。ご案内致しやす」とお文を促した。一度は魔がさして伊三次の金に手をつけたものの、正吉と違い、こちらは骨のありそうな子分だとお文は思った。

お文は留蔵を知っていたが弥八に会うのは初めてであった。妙な形《なり》をしている若者だった。綿入れ半纏に紺の股引きを身につけているが、半纏は女柄、紺足袋を突っ掛けている雪駄の鼻緒も赤い。そればかりでなく、頭の横鬢に黄楊《つげ》の櫛まで飾っている。

「親分、深川のお文さんがめェりやした」

弥八の声はよく響いて聞こえた。稽古を積めば清元の名取りにでもなれそうないい声だ。

留蔵は書役の男に何やら指図しているところだった。弥八の後ろにいるお文を見て驚いた声を上げた。

「お文さん、あんた、わざわざ深川から？」

「あい」

「伊三次が心配で、いても立ってもいられなくなったということか」

「ええ、まあ……」

お文は居心地の悪い顔で低く応えた。

「そうだよなあ。まさか伊三次がこんなことをしでかすとはおれも夢にも思わなかったぜ」

「留蔵さんも伊三さんを下手人と思っているんですか？」

「そ、そりゃあ、おれだって信じたくねェさ。だが、周りの事情を考えると伊三次以外に怪しい奴はいねェ。いや、これはおれの考えじゃなくて緑川の旦那がおっしゃったことなんだが」

「緑川の旦那？」

「姉さん、緑川の旦那は隠密廻りをなさっていて、不破の旦那とは懇意にしているお人ですよ」

弥八がお文に教えてくれた。その名に憶えがなかった。糸惣の隠居殺しは伊三次が下手人とすでに決められてしまったのだろうか。

留蔵はお文に座敷へ上がるように勧めたが、お文は首を振った。

「伊三次はあんたに何か言っていたのかい？」

「いいえ。あの人とはずっと会っちゃいない。門前仲町の増蔵さんに事件のことを聞いたんですよ。腑に落ちないところがあるので、わっちは紅屋の娘さんと話をしたいと思いましてね」

「お紺か……何遍訊ねても伊三次の塒には行っていないと取りつく島もねェ。全く……」

留蔵は溜め息混じりに言った。留蔵の様子からもお紺がひと筋縄でゆかない娘だというのが察せられた。

「留蔵さん、紅屋の場所を教えて下っし」

お文がそう言うと、弥八が間髪を容れず「おいらがお伴します。親分、いいっすね？」と留蔵に言った。


菓子の入っている杉箱の中を覗いて、お紺は軽い舌打ちをした。同じような杉箱が並んでいるが、葛餅のものだけは特に売れ行きがいいようで、お文が注文した数に少し足りなかった。

「お父っつぁん、葛餅はできていて？」

お紺は後ろの間仕切りの暖簾を掻き分けて奥の板場に声を掛けた。

「今、蒸《ふ》かしに入ったから、もう少し掛からァな」

塩辛声が聞こえる。お紺は不服そうに肯くと「お客さん、あいすみませんが、お急ぎでなかったらもう少しお待ち願えませんか」と言った。

「ああいいよ。でき立てなら尚更ありがたい」

お文はそう応えて壁際に置かれている床几に弥八と一緒に腰を下ろした。思いの外、清潔な店だった。土間には那智黒《なちぐろ》の小砂利が敷き詰めてあり、鉢植えの笹竹がさり気なく戸口の傍に置いてある。白木の床几には絣《かすり》模様の小座蒲団が敷いてあった。菓子屋というより茶室の風情がある店だった。

お紺は渋好みなのか黒地に臙脂《えんじ》を織り込んだ縞の着物に藍色の帯を締めている。柿色の帯締めも渋い。大人びた娘だとお文は思った。

葛餅と言っても紅屋のそれは葛粉ではなく小麦粉で造られる。餅それ自体にさして味がある訳でもないが、主人が工夫した独特の歯ざわりがあり、絡める糖蜜と黄粉《きなこ》の甘さが絶妙で贔屓の客は多いという。そんな話をお文は紅屋に来る道々、弥八から聞いた。

「お紺さん、でしたか？」

所在なげに通りに眼をやっていたお紺にお文は声を掛けた。

「あい、そうですが……」

訝《いぶか》しげな眼がお文に注がれた。その後で、ちらりと弥八にくれた視線が鋭かった。

「ちょいとお訊ねしたいことがあるんですが」

「何んですか」

「髪結いの伊三次さんをご存知ですね？」

「ええ」

「三日ほど前、お紺さんは伊三次さんの所を訪ねてやしませんか？」

お文がそう言うと、お紺は濃い眉を持ち上げてお文に向き直った。勝気な表情は怯《ひる》むところが微塵もなかった。

「ああ、そのことですか。それは松の湯の親分さんにも、そこの弥八さんにも言ったんですが、あたしは伊三次さんの所になんて行っていませんよ。外聞の悪い。夜中に男の人の所に行く訳がないじゃないですか。これでも嫁入り前ですからね、妙な噂を立てられては迷惑ですよ」

「二人とも独り者同士なら別に外聞の悪いこともないでしょう。お紺さんはご商売があるのですから、会うとすれば夜にもなるでしょうし」

「とんでもない。あたし、そんな気なんて、これっぽっちもありませんよ。間口は狭いが、これでも紅屋の跡取りですからね、暖簾を守る覚悟はできていますよ。髪結いさんとどうにかなろうなんて……」

「お紺、お前ェ、兄ィのことを色々訊いていたじゃねェか。気があったはずだぜ」

弥八が口を挟むと「お黙り！」とお紺は弥八を制した。

「お前に何がわかると言うのだえ？　こそ泥のくせに」

お紺の言葉の毒はお文の胸にもこたえた。

「お前が悪いことをしなけりゃ、伊三次さんだって糸惣に押し込みに入ることはなかったんだ。お前のせいだよ」

お紺は大袈裟に溜め息をついた。

「伊三さんに少しは同情なさっているんですか？」

お文はお紺の気持ちを逆撫でしないように訊ねた。

「ええ、それはもう……伊三次さんはうちの店のお得意さんですからね」

「だったら、伊三さんの所に行ったと口添えしていただければ助かるんですが」

「お客さん、行っていないものを行ったとは言えませんよ」

お紺は頑として譲らなかった。

「そうですか。わっちもどうして伊三さんがお紺さんのことを持ち出したのか解せないんですよ。行った行かないじゃ埒《らち》が明《あ》かない。どうでしょう、そこのところをはっきりさせましょうよ」

「お客さん、あんた、岡っ引きなんですか？」

「いいえ」

「じゃあ、どうしてそんな余計なことをするんです？」

「余計なこと？　人殺しの罪を被せられている人を助けようとするのは余計なことなんでござんすか？」

お紺はお文が考えていたより手強い娘だった。お文は臍《へそ》に力を込めた。

「三日前、夜中と言いましても正しくは亥《い》の刻頃、大伝馬町の糸惣のご隠居が殺されたんですよ。その頃、伊三さんはお紺さんが訪ねて来たと言っている。それが本当なら伊三さんは下手人じゃない。茅場町にいた者が大伝馬町で殺しはできませんからね。町木戸も閉まる時刻には若い娘なら外へは出ない。当たり前のことだから八丁堀の旦那も留蔵親分も伊三さんの言うことを蹴ったと思うんですが……弥八さん、ここから伊三さんの所まで木戸は一つや二つはあるでしょう？」

「へい、二つ……いや、三つかな？」

「それじゃ、念のため木戸番に娘さんが通らなかったかどうか訊いてみて下さいな。病人か子が産まれるか、そんな理由でもなきゃ木戸は通さないはずだから」

「あたしが嘘をついてるとおっしゃるんですか？」

お紺の顔が強張っている。脈はあるとお文は思った。

「お紺さんはさきほど、外聞が悪いとおっしゃったじゃありませんか。いい機会だ。悪い噂を晴らすためにも調べた方がよくはないですか」

「済んだことですし、あたしは気にしておりませんから」

そう言ったお紺にお文はゆっくりと床几から立ち上がり、その顔を見据えた。

「わっちが気になるんですよ。片方は行った、片方は行かない。どちらかが嘘をついてるってことですよ。わっちは嘘が嫌いな性分でね」

「お父っつぁん、お父っつぁん！」

お紺は奥の父親に救いを求めた。お紺の声に板場にいる父親は、しばらく無言のままだった。お紺とお文のやり取りが聞こえないはずはない。身構えたお文の前に紅屋六兵衛は頭の手拭いを取りながら店に顔を出し、深々と頭を下げた。白い半纏に包まれた身体は鶴のように細い。皺深い顔に苦渋の色を滲ませていた。

「申し訳ございません。娘が不始末をしでかしまして……」

「お父っつぁん！」

お紺が癇《かん》を立てた声を上げた。それは悲鳴に近かった。

「今までお前のやることは黙って見ていた。お前は言って聞くような娘じゃないからね。だが、今度ばかりは黙っている訳にもゆかない。お前の嘘で伊三次さんがお咎めを受けたとなりゃ、わしは後生が悪くて死んでも死に切れない。伊三次さんはうちの大事な客だ。粗末に扱っては罰が当たる」

「旦那さん……」

お文の口調が湿っぽくなっていた。しかし、お紺に観念した様子はなかった。

「あんた、いったい誰なのよ」

「申し遅れました。わっちは深川で芸者をしておりますお文という者です」

「深川の芸者さん？　芸者さんがどうして伊三次さんのことを……ああそうか、あんた伊三次さんとつき合っていた人ね？　でもあんた、伊三次さんを振ったんでしょう？

今更何よ」

「振った覚えはござんせんよ」

「じゃあ、振られたんだ」

「お紺、よさないか」

六兵衛が堪《た》まらずお紺を制した。

「お父っつぁんは黙っていて。伊三次さんに振られたのに未練があるものだから、この人はしゃしゃり出て来たのよ。おお、嫌やだ。あんたには悪いけれど、あたしが伊三次さんの所に行くも行かないも、あの人が糸惣のご隠居を殺した下手人であることには変わりがないんですよ。弥八さん、伊三次さんが糸惣のご隠居を殺したことは女中さんが、はっきり言ってることなんでしょう？」

「へ、へい、それは……」

弥八はお紺の剣幕に気圧されて、情けないほど小さくなっている。

「どうせ下手人になったのだから、お紺さんが行っても行かなくても同じことだと言うんですか？」

お文は傍にいる六兵衛の手前、抑えた口調で言った。六兵衛は何か言い掛けようとしたが、その度にお紺に口を封じられる恰好だった。

「そうですよ。もうこんなことでうるさく訊ねられるのはたくさんなんですよ」

「でも、もしも伊三さんが下手人じゃなかったら、お紺さんの話が大事な鍵になるんです」

「そんなこと、あたしの知ったことじゃありませんよ」

そういう娘が目の前にいることがお文には信じられなかった。これがおみつだったら摑み掛かって横面を張り飛ばしていただろう。

「お紺、お前、伊三次さんに大層、腹を立てていたじゃないか。菓子を届けてやったのに礼も言わなかったって。当たり前だ。夜の夜中に行ったんじゃ向こうさんだって迷惑に思うはずだ」

六兵衛がようやく言った。

「夜の夜中じゃないわ。四つ（午後十時）前よ。何言ってるのよ、お父っつぁん」

お紺は思わず叫んで、はっとした表情になった。

お文はゆっくりと肯いて「ありがとう存じます。これでわっちの用は済みました。弥八さん、今のお紺さんの話はしっかり聞いてくれましたね？」と、弥八に向き直って言った。

「へい、お紺は確かにあの日、兄ィの所に行ったということになります」

お文はお紺と六兵衛に頭を下げると表に踵《きびす》を返した。

「待ってよ。あたし、番屋で伊三次さんの所に行かないと言うかも知れないわよ」

お紺は性懲りもなくそんなことを言った。

「お紺さん、往生際の悪い。それはこちらの弥八さんも聞いたことですから今更取り消すことはできませんよ」

「こそ泥の聞いたことなんて誰が信用するもんですか」

「お紺、馬鹿なことを言うものじゃない」

六兵衛が慌ててお紺の着物の袖を引いた。

お紺はそれを邪険に振り払った。お文は呆れるより哀れむような表情でお紺を見た。

「こそ泥、こそ泥と人聞きの悪い。弥八さんはこそ泥の罪でお縄になったんでござんすか？　わっちはそんな話、聞いておりませんよ。世話になっている土地の親分さんの手下に向かってあんまりな言い方だ。それならお紺さんを木戸破りと嘘つきの罪で訴えましょうか」

お紺は何も言えず唇を震わせた。

「お紺さん、弥八さんはいずれ留蔵親分の跡を継いで十手、取り縄を預るお人ですよ。悪く言うのはよして下さいな。わっちからも頼みます」

お文は深々とお紺に頭を下げた。弥八は俯いて洟を啜った。

「あたし、伊三次さんにはずい分よくしてやったつもりなのよ。紅屋を髪結床にしてもいいと言ったのに、自分の力でやるから大きなお世話だって。あたし、悔しくて……」

お紺はようやく本音を洩らした。

「あの人らしい……」

お文は呟くように言った。

「わっちも同じようなことがあったんですよ。それであの人に背を向けられてしまった。銭で人の心を振り回すのを嫌う人ですよ。自分は貧乏しているというのにねえ」

「お文さんは冷たくされても平気なの？　仕返ししてやろうとは思わないの？」

「思いませんよ。悪いのはわっちであの人じゃない。せめて濡れ衣を着せられたあの人の力になってやりたいんですよ」

「心底、好きだから？」

お文はお紺の問いかけに答えず、黙って頭を下げると紅屋を出た。お紺から詫びの言葉はとうとう出なかったが、それでもお文の後ろ姿を六兵衛と一緒に長いこと眺めていた。

六

「弥八さん、これで伊三さんの疑いは晴れましたよね？」

お文は紅屋を出ると弥八に訊いた。

「だけど姉さん。糸惣の隠居は今際に兄ィの名前ェを出しているんですぜ。そいつもはっきりけりがつかねェことには兄ィが解き放しになるかどうか……この事件には他に目星のついてる奴がいねェんですよ。吉原《なか》を張っていても怪しい野郎は出て来ねェし……」

弥八は心細い声で応えた。

「不破の旦那はどうしているのだえ?」

「さあ……兄ィのことは緑川の旦那にすっかり任せてしまっているようで」

「やっぱり伊三さんを下手人と思っているんだろうか」

「姉さん、勘弁しておくんなさい。おいらも最初は兄ィを疑いやした。おいらが兄ィの銭をくすねたから、それで……」

「そんな男じゃないよ、伊三さんは。見損なうんじゃないよ」

「へい……ですが、あのお紺によくも姉さんは白状させたものだ。おいら、感心しちまった」

「気の強い娘だった。だが、気の強さじゃ、わっちも負けてはいないよ」

「羽織芸者ですからね」

「……」

「とりあえず、おいらはこれから大番屋に行って緑川の旦那にお紺のことは知らせて来ますよ」

「ああそうしておくれ。世話を掛けるねえ」

「なあに。姉さんも一緒に行きやしょう」

「わっちは遠慮するよ。わっちが行っても仕方がない」

「でも兄ィのことが心配でしょう？　おいら、ちょいと様子を見て来ます。姉さんは外で待ってて下さい」


弥八と一緒に海賊橋《かいぞくばし》を渡ろうとした時、お文は不破と増蔵が急ぎ足でこちらに向かって来るのに気がついた。増蔵もお文に気づいた様子で右手を挙げた。

「増蔵さん、聞いて下っし。紅屋の娘はやはりあの夜、伊三次さんの所に行っておりましたよ」

お文は不破に挨拶するのもそこそこに、増蔵に早口でまくし立てた。

「文吉、もう心配はいらねェ。下手人は挙がった。糸惣の女中だったんだ」

増蔵の言葉にお文はいっぺんに気が抜けていた。くらっと目まいがした。

「女中のおりきはお内儀さんの留守をいいことに隠居から金をくすねようとしたらしい。隠居に勘づかれて開き直ったんだ。隠居が倒れてから慌てて罪を伊三次になすりつけたのよ。あの日、伊三次はちょうど糸惣に顔を出しているからな。ふっと、その名を思い出して言ったようだ。伊三次も運のねェ奴よ」

増蔵はそう言った。

「匕首はその女中が持っていたものなんですか？」

髭棒にこだわっていたお文は畳み掛けるように訊いた。

「いいや。隠居が護身用に枕許に置いていたものだった。隠居が気丈にその匕首の鞘を外したのが仇になった。女相撲のようなおりきに八十の年寄りは勝ち目がねェ」

「お気の毒に……その女中はまた何んで銭をくすねようとしたんでしょうか」

「そいつはこれからおいおいに調べるつもりだ。その前に緑川から伊三次を解き放してやるつもりだ」

不破も安心した表情で言ったが、お文は不破に礼を言う気もしなかった。

お文は茅場町の大番屋の外で弥八と一緒に伊三次を待った。伊三次が言葉を掛けてくれなくても、その姿をひと目見たかった。

不破と増蔵が大番屋に入ってからしばらく経って、何か聞き取れない甲高い声がようやく聞こえた。伊三次の声だった。お文は弥八と顔を見合わせた。不破の怒鳴る声も続いて聞こえる。

いきなり大番屋の戸が開くと、伊三次がよろめくような足取りで出て来た。危ない、と声を掛ける間もなく、伊三次の腕が泳ぐように宙を掻き回すと地面にばったりと倒れた。弥八が慌てて近寄り、その腕を取った。

顔を上げた伊三次は呆然と立っているお文に気づき、泣き笑いのような表情をした。その顔はさんざん殴られて右眼が青黒く腫れている。人相まで変わって見えた。

「兄ィ、姉さんが心配して来てくれたんですぜ」

弥八は伊三次を励ますように言った。伊三次は何も言わずお文を見つめたままだった。伊三次が口を僅かに歪めたのは笑い掛けたつもりなのだろうか。自分も何か言葉を掛けなければと思いながら、その言葉がお文に見つからない。迷いながら伊三次に近づいた時、不破が恐ろしい勢いで大番屋から出て来た。

「伊三、ちょっと待て。まだ話は終わっていねェ」

「話なんざ、ありやせん。もう真っ平でさァ」

不破に悪態をつく伊三次をお文は初めて見た。だが、訳がわからない。

「手前ェ……」

不破は伊三次を睨みながら低く唸った。伊三次は怯まず口を返した。

「髪結いはおれの他に掃いて捨てるほどおりやす。小者もその通り。金輪際、旦那の御用は御免被らして貰いやす。何が悲しくてこんな目に遭わなきゃならねェ。へ、しかも親身に尽くしている人にまで疑われてよ。やってられねェよ、全く。情が絡めばお役目に障りが出るだ？　おきあがれ、手前ェが疑っていたからじゃねェか。下手人が見つかったからって、それで済むのか？　見つからなかったら手前ェはおれを見捨てただろうが」

「兄ィ、旦那にそれはあんまりだ」

伊三次の口調の激しさに弥八が堪まらず口を開いた。

「うるせェ！」

伊三次は弥八の支える腕も振り払った。

「八丁堀の旦那、何年おれとつき合って来たのよ。手前ェの眼は節穴か？」

伊三次は悔しさに声を震わせて喰って掛かった。そんな伊三次の気持ちがお文は切なかった。

「仕方がねェ。同心は人を疑うのが商売《しようべえ》だ」

不破は押し殺した声でようやく応えた。その顔は蒼白だった。伊三次は不破に背を向けて歩きだした。

「伊三、本当に何も彼《か》もやめるのか？」

不破は伊三次の背中に覆い被せた。伊三次は何も応えなかった。

お文は不破に頭を下げると、慌てて伊三次の後を追った。弥八も心配顔でついて来る。

伊三次は自分の塒ではなく、まっすぐ舟着場に向かっていた。

「伊三さん、どこに行くのだえ？」

「兄ィ」

お文と弥八の問い掛けにも伊三次は応えない。お文はどこまでも伊三次の後をついて行くつもりだった。

舟着場で客を待っていた舟に伊三次が乗り込むと、お文は「船頭さん、わっちも乗せておくれ」と船頭を引き留めた。

「帰れ」

伊三次は甲走った声を上げた。

「船頭さん、そのお人は文《もん》なしだ。わっちを乗せないと船賃が出ない」

咄嗟《とっさ》にそんな言葉が出た。

伊三次がそれ以上何も言わなかったのは、図星だったからだろう。船頭はお文の手を取って舟に乗せてくれた。

弥八は自分も乗ろうとしたが、思い直したように「姉さん、後は姉さんに任せます。おいら、湯屋の仕事がありやすから」と言った。

「ありがとよ。世話をかけたねえ」

「じゃ、兄ィ」

弥八に声をかけられた伊三次は軽く顎をしゃくっていた。

堀を抜けて大川に出ると、伊三次は船頭に菜の花の咲く場所に行ってくれと言った。お文は伊三次の気がおかしくなったのだろうかと「伊三さん、今は菜の花の咲く季節じゃござんせんよ」と柔かく諭した。

「わかってらァ。心配するねェ、気は確かだ。船頭さん、本所の竪川の辺りで春に菜の花の咲く所と言えばどこになる？」

「そうですね、五つ目の渡しの辺りでしょうか」

若い船頭はそう応えた。

「そこに行っつくれ」

「へい」

伊三次の真意がお文にはわからなかったが、そうして二人で舟に乗っていることで気持ちは落ち着いた。

本所五つ目は橋がなく渡しがあるだけである。岸に下りた二人の前には、菜の花ならぬ茫々《ぼうぼう》としたすすき野原が拡がっている。さわさわと揺れるすすきの向こうに羅漢寺《らかんじ》の栄螺堂《さざえどう》が見えた。傾いた陽射しが柔かく二人に降り注いだ。

「本当に不破の旦那の御用はやめちまうのかえ？」

すすきの中を進んで行く伊三次の背中にお文は訊いた。伊三次は振り返ってふっと笑顔を見せた。

「おれが下っ引きするのを嫌やがっていたじゃねェか。喜んでくれねェのかい」

「だって……」

お文は不破が伊三次に向けた縋《すが》るような視線を思い出していた。伊三次の言葉がこたえているはずだ。伊三次の方は、意外にも清々した表情で目の前の竪川を眺めている。西陽が眩しく水面を照り返している。

「ここで菊弥という女が糸惣の隠居を待っていたそうだ。春の菜の花が一面に咲いていいる頃だ。来ねェ男を待つのは切ねェものだったろうな」

伊三次は独り言のように言った。

「菊弥？　もしかして芸者をなさっていたお人かえ？」

「ああ。お前ェ知っているのか？」

伊三次は驚いた顔をお文に向けた。

「深川にいたお人ですよ。わっちも昔、踊りの稽古をつけて貰いましたよ」

「そうか……菊弥は深川にいたのか。そうと知ってりゃ糸惣の隠居に知らせてやりたかったたな」

「でも、去年、菊弥姐さんも亡くなってしまいましたよ。何しろお年でしたから」

「………」

「でも、今頃はあの世で糸惣のご隠居と逢っていらっしゃいますよ。きっとそう……」

「そうだな、そう思わなきゃ隠居の立つ瀬もねェ」

「糸惣のご隠居は菊弥姐さんのことをずっと思い続けていたんですね。いっそ羨ましい」

「珍しく殊勝な物言いだ。お前ェ、どうした？」

遠慮がちに喋るお文に伊三次は軽口を叩いた。お文は伊三次の腕を抓《つね》り上げた。

「おい、痛ェ。もう仕置きは勘弁してくんな。緑川の野郎の手加減のねェことと言ったらなかったぜ。もうひと晩、大番屋に泊められたら、商売道具のこの指、へし折られていたかも知れねェ」

「ひどい目に遭っちまったねえ。しばらくはゆっくり休むことだ。おみつも心配しているよ。蛤町に顔を出してくれるなら嬉しいが」

「そんなことをしたら謀叛《むほん》を起こす奴が現れるんじゃねェのかい」

そう訊いた伊三次に応えず、お文は竪川に視線を向けた。

「わっちがここで待つと言ったらお前ェは来てくれるかえ？」

「………」

「いつまでもここにいると言ったら……」

拳を口許に当て空咳を一つしてから、伊三次はお文の肩に腕を伸ばした。その瞬間にお文の全身から力が抜けた。焦《こ》がれるように待っていた刻《とき》だった。

「伊三さん、堪忍しておくれ。お前ェに背かれるのは死ぬほど辛い……」

お文は伊三次の背中に回した手に力を込めてきつく眼を瞑った。

「世の中、金じゃねェとよ。糸惣の隠居の遺言だ」

「あい……」

「おれァ金はねェぜ」

「わかったから……」

西陽が傾き、いつしか辺りはたそがれていた。さわさわとすすきの戦《そよ》ぎが耳に快い。眼を閉じているお文はその戦ぎが菜の花に取って換わったように思えた。閉じた眼の裏には、いちめんの菜の花が咲き乱れ、静かに揺れていた。

鳥瞰図
（ちょうかんず）

一

芝神明《しばしんめい》前の絵師の家は、廻り髪結いの伊三次の新しい丁場《ちょうば》（得意先）となったところである。歌川一門に名を列《つら》ねる絵師は、黒板塀で囲った瀟洒《しょうしゃ》な家に住んでいた。

寄宿している弟子も多く、伊三次が訪れる昼過ぎには十畳ほどの座敷に長机がコの字型に並べられ、弟子達が忙しげに絵筆を動かしている。師匠の絵師は、その頃になってようやく蒲団から出て来る。古参の弟子から何やら訊ねられ、二、三、指示を与えるが、師匠が仕事を始めるのは、もっと遅くなってからである。弟子達が忙しく仕事をしているのを横目に見て、彼は茶を飲みながら悠然と伊三次に髪を結わせるのだ。

その家には他の廻り髪結いが二日おきに通っていた。しかし、八のつく日は都合が悪いということで、伊三次が代わりに訪れることになった。

そこに通うようになって、伊三次は今更ながら絵師というものはうまい絵を描くものだと感心した。弟子の中には、まだほんの少年も混じっていたが、その少年とて伊三次が逆立ちしても真似のできないうまい絵を描くのだ。

伊三次は少年の絵をちらりと見て、はっと胸をつかれた。大きく描いた鳥の翼の下に、箱庭のような町並が拡がっている。空中から鳥の眼で江戸の町を眺める構図になっていた。伊三次が今まで見たことのない景色だった。そうか、鳥はいつもそんな景色を見ながら飛んでいるのかと、改めて思った。鳥から見たら、下界の人間の暮しなど、何んとつまらないものだろう。飛べない人間は蟻《あり》のように狭い江戸の町をあくせく動き廻っているだけなのだ。そして自分もその中の一人だった。

八丁堀の組屋敷の御用がなくなって月の揚銭《あげせん》はがくんと減った。絵師の師匠が新しく贔屓《ひいき》の客になったところで月に三度。手間賃に色をつけてもらっても、多寡が知れた。

日髪日剃《ひがみひぞ》りの同心の屋敷から入るものには遠く及ばなかった。

北町奉行所、定廻《じようまわ》り同心の不破友之進の所に通わなくなって、ひと月が過ぎた。伊三次は不破の髪を結う傍ら、小者（手先）も務めていた。廻り髪結いの伊三次は市中を歩いて、集めた情報を不破に流し、捕り物があれば助っ人として加勢することもあった。五年、いや六年もの間、不破の下で働いて来たのだ。それを自分から辞めてしまったのは、伊三次に不破を許せない理由《わけ》があったからだ。

伊三次が殺しの下手人として疑われた時、不破は伊三次を庇《かば》い切れなかった。伊三次の処分を他の同心に委ねてしまった。疑いが晴れたから、それでいいというものではない。不破に信用されなかったことで、不破と自分との信頼関係は崩れてしまったのだと伊三次は悟った。

伊三次はただの廻り髪結いとしてだけ、このひと月を暮した。

絵師の師匠の仕事を終えた伊三次は次の丁場に廻るため、神明町から京橋に向かって歩いていた。師走が迫っている江戸の町は、まだそれと感じさせる慌ただしさもなく、穏やかな陽射しが降り注いでいた。弟子の少年が描いていたような鳥も、薄みずいろの空をゆっくりと飛んでいる。伊三次は鳥の行方を目で追い掛けながら、昨年の今頃、自分は何をしていただろうかと、ふと思った。

大小様々な事件が脳裏に浮かんだ。それと同時に不破のいかつい顔も蘇る。ざっくりと皓《しろ》い歯を見せて破顔した不破が。

憎しみはとうに薄れていた。伊三次にあるのは淡い哀しみだけだった。あんなことがなければ、今もあの人の冗談が聞かれたものを、と思う。

京橋を渡って、伊三次の足は不意に止まった。視線の先に不破の妻であるいなみの姿を認めたからだ。いらぬ考えをしていたために、いなみに出くわす羽目になったのだろうか。いなみは息子の龍之介《りゅうのすけ》と一緒だった。龍之介は袋に包んだ竹刀《しない》を肩に担《かつ》いでいる。

剣術の道場に付き添った帰りなのだろう。

剣術の心得のあるいなみは息子の稽古にも熱心である。道場で何か行事がある度に進んで出かけていた。黙ってやり過ごそうか、それとも横丁の露地に入ろうか。迷っている内にいなみも自分に気づいた様子でこちらを見ている。

伊三次は仕方なく奥歯を嚙み締めると、いなみの方に足を進め、黙って頭を下げた。いなみもそれに応えた。いなみは伊三次が立ち止まって何か言葉を掛けるものと思ったらしい。だが、伊三次はそのまま歩みを止めずに通り過ぎた。いなみの眼が驚きで大きく見開かれた。

五、六歩、足を進めた時、甲高い声が伊三次の背に覆い被さった。

「伊三次さん！」

傍にいた人が振り返るほど、いなみの声は激しいものだった。いなみは小走りに伊三次のところにやって来て、伊三次の綿入れの袖を強い力で摑んだ。そのまま通りの端まで引っ張られた。

「ずい分な態度ですね。わたくしには口を利くのも嫌やなのですか？　坊主憎けりゃ袈裟まで憎し、のたとえかしら」

「奥様、わたしは別にそんなつもりでは……ほら、坊ちゃんが驚いていますよ」

いなみの後ろで龍之介がどうしていいかわからない表情で二人を見ていた。絵師の家にいた少年の弟子は龍之介と同じぐらいの年かと思っていたが、実際の龍之介は、その少年よりはるかに背丈も高く大人びていた。あと二、三年もしたら見習い同心として奉行所に出仕することになるのだろう。

　いなみが手招きすると、ほっと安心した様子の龍之介は笑顔で傍までやって来た。

「伊三次さん、しばらくでした。今日はよいお天気ですね。わたしは道場の紅白試合で三人抜きをしましたよ」

　龍之介は聞かれてもいないのに自分からぺらぺらと喋った。

「そいつァ、おめでとうございます。腕を上げられましたね」

　伊三次も思わず笑顔になった。

「母上が稽古、稽古とうるさいものですから」

　龍之介は大人びた物言いで肩の竹刀を揺すって見せた。

「さぞお疲れになったことでしょう。そいじゃ、茶店にでも行って甘いもんでも喰いますかい？」

　伊三次がほんのお愛想のつもりで言うと、龍之介の眼が輝いた。すぐに母親の顔を見て「伊三次さんがこう言ってますよ。どうしましょう」と訊いた。

「そうね、お八つには少し早いのですけれど、わたくしは伊三次さんと少しお話もありますから、ひと休みして行きましょうか。伊三次さん、この辺に手頃な茶店なんてありますの？」

「へ、へい。そいじゃついて来て下さい」

自分の愛想にあっさり乗って来たいなみに少し面喰いながら、伊三次は京橋の近くにある大根河岸《だいこんがし》の方に向かった。

大根河岸はさらさらときれいな水が流れている所である。早朝には野菜の競《せ》りが行われる。

青物売り相手のめし屋はとうに暖簾を下ろしていたが、「むぎゆ」と書かれた大きな提灯が目についた。赤い毛氈《もうせん》を敷いた床几《しょうぎ》を出している茶店である。夏場は涼み客を当て込んで遅くまで店を開いている茶店も、この季節になるとさすがに暇になる。天気の悪い日は店を閉めていることが多い。幸いその日はよい天気で、店は開いていた。

伊三次は茶店に入ると、奥の床几にいなみと龍之介を促した。

「あられ湯が飲みたい」

龍之介は無邪気にねだった。

「これ、お行儀の悪い」

いなみが窘《たしな》めた。

「いいじゃございませんか。お好きなものをどうぞ。奥様もあられ湯になさいますか？」

「いいえ。わたくしは普通のお茶で結構ですよ」

伊三次は茶店の小女に麦湯を二つとあられ湯、それに草餅のひと皿を注文した。床几の前はちょうど堀に面していて、陽の光が水面をきらきらと輝かせている。いなみは額に僅かに汗を滲ませていた。手巾《しゅきん》でその汗を拭い、ついで鼻の下に押し当て、洟を啜るような短い息をついた。

茶店には商家の番頭ふうの男が一人、煙管《きせる》を遣いながらゆっくりと茶を飲んでいるだけだった。

「いかがですか、お仕事の方は」

いなみは、さり気なく切り出した。

「へい。何んとかやっております」

「そう……不破の方は大変ですよ。頭の調子が違うので、毎度文句の言い放題」

「………」

不破の所には別の廻り髪結いが通っている。伊三次が丁場を分けてもらっている髪結床の親方にそうするように頼んだのだ。腕は悪くないはずである。

「わたくしも伊三次さんに、すっかり嫌われてしまったようね。声を掛けなければ知らぬ顔で行ってしまうところでしたもの」

「奥様、こうなってしまっては、今更奥様と話をしたところで仕方がないじゃございませんか」

「そうでしょうか……」

いなみが溜め息をついた。伊三次はいなみの顔を避けて堀に視線を投げた。

茶店の小女が茶を運んで来た。あられ湯の湯呑には木の匙《さじ》がついている。茶の表面に浮かんだあられを掬《すく》うためのものだろう。伊三次は草餅の皿を龍之介の前に押しやった。

龍之介は「いただきます」と一礼してから草餅に手を伸ばした。

「うまいですね」

子供のくせに龍之介は妙に老成した表情でそう言った。成長したら不破とは違う同心になるような気がする。父親よりも話に聞いたことのある祖父の角太夫《かくだゆう》譲りの性格に思える。

「麦湯はうちでも淹《い》れることがありますけれど、こういう場所でいただくと格別においしく感じられます。何か工夫があるのでしょうか」

普段は買い喰いはおろか、外で茶の一杯も飲もうとしないいなみも感心したように言った。

「そりゃ商売ですから茶の葉も吟味するでしょうし、湯の加減やら湯呑にも気を遣うからでしょう。手前《てめ》ェのうちじゃ、どうでもこうでも喉に入りゃいいってもんですからね」

「本当ですね」

「坊ちゃん、剣術は腕を上げられたようですが、手習いの方はどうですか？」

伊三次は龍之介に訊ねた。龍之介は頭を掻いて「そっちはさっぱりです」と応えた。

伊三次は思わず噴き出した。

「文武両道とは難しいものです」

龍之介が渋面を拵《こしら》えてそう言ったので、いなみと伊三次は同時に声を上げて笑った。

「坊ちゃんはよい性格をしていなさいます。きっとお父上の跡を継いで立派な同心になりますよ」

伊三次はお世辞でもなく、しみじみとした口調で言った。

「わたしは、奉行所に出仕するようになったら伊三次さんに手伝ってもらいたいと考えているのですが、それは無理でしょうか」

龍之介は少し真面目な顔で伊三次に訊ねた。

「さて、そいつァ、どうでしょう。坊ちゃんがお務めをなさる頃は、わたしも年ですから、とてもお手伝いはできないと思いますよ」

「髪も結えませんか？」

「髪を結うぐらいはできるでしょう」

「その時はお願い致します」

龍之介は律儀に頭を下げた。それほど畏まって頼むことでもないだろうと思ったが、

「こちらこそよろしくお願い致しやす」と、一応は返礼した。

「伊三次さんはもう父上の御用はなさらないのですか？」

龍之介は無邪気に話を続けた。途端に「龍之介、余計なことをお訊ねしてはいけませんと、いなみは、ぴしりと龍之介を制した。龍之介は肯くと、黙って湯呑を口に運んだ。

「伊三次さん、お願いがありますのよ」

いなみは膝を僅かに伊三次の方に向けて言った。

「何んでござんしょう」

「わたくし、来月の三日に出かける用事があるのですけれど、その時、髪を結っていただけないかしら」

「………」

伊三次はぐっと詰まっていた。その日は霜月の二十八日で、いなみの用事のある日は、ちょうど四日後のことになる。さして急ぎの仕事は入っていなかったが、伊三次はやはり躊躇《ちゅうちょ》した。八丁堀の組屋敷に足を運ぶことだけで気が重かった。

伊三次の表情をいなみは敏感に察して、「不破がお務めに出た後でよいのです。不破と顔を合わせなければ、あなたは構わないでしょう？」と言った。

「ですが……」

「手間賃は弾みます。少し気の張る場所に出かけますので、どうしてもお願いしたいのです」

前々から考えていたような口ぶりであった。

「旦那の髪をやっている髪結いに頼んだらどうです？」

「あの方は女の髪はやらないのだそうです」

「わたしも女の髪はやりません。女髪結いに頼まれた方がいいですよ」

「あら……」

いなみは意外だという表情になった。

「深川の芸者さん、お文《ぶん》さんとおっしゃったかしら。その方の髪はおやりになるのでしょう？　伊三次さんがお文さんの髪を結うと、いつもよりきれいに見えると大層な評判ですよ」

「そんなこと、誰に聞いたんです？」

「留蔵さんのところの弥八にですよ」

「あの、お喋り……」

伊三次は舌打ちした。弥八は日本橋、京橋を縄張にしている岡っ引きの留蔵の子分である。弥八はこの頃、深川に来ると気軽にお文の家に寄って行く。伊三次の様子が心配なのだろう。間の悪いことに伊三次がお文の頭を結っている時に限って、弥八が顔を見せるのだ。いつもお文の髪を結うわけではない。ほんの気まぐれにやるだけなのだが、弥八の目には毎度のように映ったらしい。

「芸者さんの髪に比べたら丸髷《まるまげ》なんて訳もないことでしょう？」

いなみはいつになく強引だった。どうしても断ることができず、伊三次は渋々引き受けることになった。

茶代は伊三次が払った。恐縮したいなみに対し、龍之介は「ごちそうさまでした伊三次さん。またよろしくお願いします」と、ちゃっかりしたことを言っていた。

二

いなみとの約束の日が近づくにつれ、伊三次はひどく億劫《おっくう》な気持ちになった。自分は不破を許していない。一生許さないと、ひと月前は心に決めていた。それがもう組屋敷をうろうろしたとなったら、不破はどう思うだろう。そう考えると気持ちが滅入った。

師走に入って三日目、不破の住む八丁堀の組屋敷に出かけたのは五つ（午前八時頃）を過ぎたあたりだった。不破はとっくに出仕しているはずである。同心の出仕は五つまで定められている。

それでも途中で不破と出くわさないようにわざわざ別の道を選んだのは、自分でも了簡が狭いと思ったが、まだ不破を目の前にして平静でいられる自信がなかった。

主が出かけた後の組屋敷内は緊張が解けて、どこかのんびりとした雰囲気が漂っていた。

下男の作蔵が伊三次の顔を見ると懐かしそうに歯のない口許をほころばせた。女中のおたつも「まあまあ、お久しぶりでございます」と、まるで何年も会わなかったように伊三次を迎えた。

いなみはよそゆきの着物に着替えて待っていた。前日に髪を洗った様子で、髪を手拭いで覆っていた。藤色の無地の着物に黒っぽい緞子《どんす》の帯を締めている。帯締めは武家の妻らしく白の丸ぐけをきりりと締めていた。

「お願い致します」

いなみは不破がいつも髪を結う縁側に座って頭の手拭いを取った。普段と違い、いなみに婀娜《あだ》な表情が感じられる。

伊三次は商売道具の入っている台箱を開くと、毛受けを引き出していなみに持たせた。湿り気が感じられる長い髪は香でも焚《た》きしめたのか、仄《ほの》かにゆかしい香りがした。

「丸髷でよろしいですか？」

伊三次は髪を梳《す》きながら訊ねた。

「ええ、結構です」

「元結は白でいいですか？　金も銀も色物もありやすが」

「伊三次さん、祝言《しゅうげん》をする訳ではないのよ。色のついた元結なんて」

いなみはくすっと笑った。いなみの後ろに立った伊三次の目に着物の背縫いについている紋が見えていた。違《ちが》い鷹《たか》の羽《は》。ざらにある紋ではあるが、それは不破家のものではなかった。不破家の紋は隅切角《すみきりかく》に横一《よこいち》だった。恐らくいなみの実家の紋になるのだろう。それはさほど珍しいことではない。輿入《こしい》れ前の紋は女紋と言って、姓が変わっても使用することが許されている。伊三次もそのことには格別、不審な気持ちを抱かなかった。しかし、梳櫛でゆっくりと髪を梳いている内、いなみの頭の後ろに銅銭ほどの丸い禿げを見つけたことは驚きだった。

一瞬、伊三次の手が止まった。

「どうかしまして？」

「いえ……」

「白髪なら抜いてね」

いなみはそのことには気づいていない様子だった。

「抜くのはよくありやせん。抜いた後には、やはり白髪が生えて来やす」

「それでも嫌や。抜いてね」

「へい」

ほとんど目立たなかったけれど何本かの白髪もあった。伊三次は言われるままに二本の白髪を抜いた。

「もうお婆さんね」

いなみは抜かれた白髪を指先に絡めながら言った。

「何をおっしゃいます。奥様はまだまだこれからじゃござんせんか。無理に老け込むことはありやせんよ」

伊三次は髪を梳き終えると筋分けを始めた。

前髪、鬢《びん》、髱《たぼ》、根に分けるのである。小さな禿げはさらに露《あらわ》になった。女に禿げは少ない。年寄りの女で根の部分が薄くなって地肌の見える者もいるが、それはあくまで年のせい。いなみのような女盛りには滅多にあるものではなかった。それがあるということは、よほど胸に抱え切れない悩みがあるのだ。

伊三次は祝言を挙げる前に子供を身ごもった娘に、いなみと同じような禿げができたのを見たことがある。赤ん坊の父親とめでたく一緒になった後、娘の禿げは嘘のように消えた。悩みが解決すれば自然に禿げも治るのだろう。

いなみの悩みとは何んだろう。不破に女でもできたのだろうか。何年も不破とつき合って来た伊三次に、それは考えにくかったが、自分の知らないところで憂さを晴らすということはあるのかも知れない。

「お寒くないですか？　何んならお座敷の方に移りましょうか」

天気がよいとはいえ、風が冷たく感じられた。伊三次はいなみを気づかって言った。

「いいえ、大丈夫よ。畳に髪の毛が落ちるのを不破は嫌やがるのよ。だから、ここで……」

「へい」

「昨夜は伊三次さんに髪を結ってもらえるのかと思うと眠れなかったわ」

いなみは少し昂《たかぶ》った声で言った。

「そんな大袈裟なもんじゃありやせんよ」

伊三次は苦笑した。

「髪を結ってもらいたいと、何度も思っていたのよ。でも言い出せなかった。断られるのじゃないかと心配で」

「断ったでしょうね。この前も申し上げた通り、わたしは女の髪はやらないことにしていますから」

「なぜ？　お文さんの髪はおやりになるのに」

「お文の髪をやるのは罪滅ぼしみてェなもんです。わたしはお文の暮しの面倒を見ている訳じゃなし、着物一枚拵えてやったこともありやせん。たまに髪をやるぐらいしないと恰好がつきやせんよ。芸者の間夫《まぶ》と言われるだけじゃ切ねェですからね」

「でも、お文さんと所帯を持つおつもりなのでしょう？」

「さあ……」

「さあだなんて、ずいぶん気のないお返事ね」

「わたしは廻り髪結いの分際、向こうは羽織芸者ですよ。お文がその気になったら、一生楽をして暮せる道は幾らでもありますよ。わたしは無理に髪結いの女房にさせようとは思っていねェんですよ」

「でも、お互い好き同士だったら……」

「奥様、その話はよしやしょう。気が滅入るんですよ。先のことはわかりやせんが、お文がわたしから離れたとしても恨まない覚悟はできているんですよ」

「………」

横鬢《よこびん》を心持ち膨らませて、いつものいなみより若さを引き出したつもりだった。いなみは満足そうな表情をしていた。

「今日はどちらまで？」

元結の余分な端を切り落とし、黄楊《つげ》の櫛を髷の根元に挿《さ》して、伊三次は訊ねた。

「お茶会です」

「さいですか。お珍しいですね」

前挿しは銀細工の平打ちの簪《かんざし》だった。あっさりとしているが、品のあるものだった。髪ができ上がると、いなみは伊三次に丁寧に礼を述べた。懐紙に包んだ手間賃をそっと懐から取り出して伊三次に渡してくれた。伊三次はそれを受け取ると、そそくさと帰り仕度を始めた。

「伊三次さん。この次、もう一度だけ髪をお願いできないかしら」

「いつです？」

すかさず訊いた伊三次に、いなみは僅かに躊躇する表情を見せた。

「いつって……それはまだわかりませんけれど」

「わたしも都合がありますので、はっきり約束はできやせんが」

「二、三日前にはお知らせします。作蔵をあなたの所に行かせますから」

「へい、わかりやした」

「きっとよ。その時はきっと来てね？」

いなみは縋《すが》るような眼で言った。風のせいか、いなみの顔が白っぽく見えた。

「へい。そいじゃ、ご免なすって」

伊三次はつかの間、そんないなみを見つめたが、すぐに履物を突っ掛けて不破の屋敷を後にしていた。いなみはつれない態度の伊三次を寂しそうに見送っていた。

三

その日、いなみの仕事が入ったために、伊三次は他の丁場に廻る時間に追われ、いつもより忙しい思いをした。

ようやく最後の客の頭をやっつけ、家路を辿る頃に暮六つの鐘を聞いた。

茅場町の塒《ねぐら》に戻り、さて、湯に行ってから晩飯を喰いに行こうと算段しながら、文机の上にその日の売り上げをざらりと出した。その中には、いなみからもらった手間賃も懐紙に包まれたまま入っていた。中味を開いて驚いた。一分も入っていたのだ。髪結い賃は普通、三十二文である。女の髪は手間が掛かるので、もう少し高く取ってもいいのだろうが、それにしても五十文までは行かない。百文だったら御《おん》の字だと踏んでいたのだ。それが一分。銭一千文の価である。そんな破格な手間賃は受け取れないと思った。

いなみはどうしてそんなにたくさんの手間賃を自分に弾んだのだろう。自分の実入りが少ないことを察してくれたのだろうか。しかし、これまでのいなみは、財布の紐をうかうかと弛《ゆる》めるような女ではなかったはずだ。どこか伊三次は腑に落ちない気がした。湯屋でも一膳めし屋でも伊三次はそのことに拘《こだわ》っていた。

塒の座敷に薄い蒲団をのべて横になろうとした時、油障子を控え目に叩く者がいた。しんばり棒を外して油障子を開けると、不破の所に使われている中間《ちゅうげん》の松助が立っていた。

「悪いな、遅くに。寝るところだったんじゃねェのかい？」

松助は幾分、気後れした表情で訊いた。

「そのつもりだったが……入《へ》ェんな」

伊三次は松助を中に促した。松助は着替えをして、いつものお仕着せではなかった。仕事を終えて外で一杯、引っ掛けて来たのだろう。ふわりと酒臭かった。松助は上がり框《がまち》に遠慮がちに腰を下ろした。伊三次は火鉢の上の鉄瓶に触って、それがまだ熱いことを確かめると茶の用意を始めようとした。

「茶なんざいらねェ。酔いが覚めるわ」

松助は気を遣って言った。

「そうかい。そいじゃ愛想なしってことで」

伊三次はそう言うと、くるりと蒲団を丸めて松助に向き直った。

「最初に言っておくが、事件でもおれは手伝わねェぜ」

伊三次は松助に念を押した。

「わかっている。旦那の仕事じゃねェ」

「じゃあ、何んだ」

「お前ェ、今日、奥様の髪ィ、やったんだってな？」

「ああ。どうでもやってくれろと言われて断り切れなかったもんだから」

「別にそれをどうこう言うつもりはねェよ。奥様はどこに行くとおっしゃってた？」

「茶会と言っていた」

「そうか……やっぱりな」

松助は訳知り顔で肯いた。

「何んなんだ、松さん」

伊三次は苛々して訊ねた。

「父っつぁんの話だと、奥様は大沢様のお屋敷に向かったそうだ。いや、お屋敷の近くまで行ったら、そこに大沢様が待っていなさったということだ。その後、奥様は父っつぁんに戻るように言って、二人でどこかに出かけたそうだ」

下男の作蔵のことを松助は、父っつぁんと呼んでいた。作蔵は途中までいなみの件をしたようだ。

「大沢様って？」

伊三次は呑み込めない顔で松助に訊いた。

「奥様の弟よ」

「ああ、御家人に養子に行ったとかいう弟のことだな」

「そうだ。奥様はいつも大沢様のことを気に掛けていなさる」

「そりゃ、実の弟だからな。だけどその大沢様の屋敷と奥様は、これまで行き来がなかったんじゃねェのかい？」

伊三次はうろ覚えのいなみの事情を思い出して言った。

「きょうだいということも内緒にしていた」

「それがどうして？」

「問題はそこよ」

松助は上唇を舌で湿して言葉を続けた。

「大沢様はお舅様が亡くなられ、家督を譲られたということだから奥様と晴れてきょうだいの証《あかし》を立てるってェのもわかるんだが……」

「それじゃ、そういうことなんだろう。めでてェじゃねェか」

伊三次はつまらなそうに言った。

「それがちっともめでたくねェのよ。大沢様と奥様は相変わらず世間の目を気にしながら、こそこそ会っているんだ。この頃は大沢様の方が、旦那のいない時にちょいちょい顔を出すそうだ。父っつぁんがそう言っていた。父っつぁんは、そのことをえらく気にして、おれにあれこれ言って来る。あんまりうるせェから、気が済むだろうと思って大沢様の周りのことをちょいと調べてみたのよ」

「何か摑んだのか？」

「ああ。お前ェ、奥様の敵《かたき》のことは知っているな？」

「日向《ひゅうが》何んとかっていう大名家のお偉いさんのことか？」

「そうだ。もと留守居役を務めていた男だ。今は隠居しているが」

「しかし、奴は息子ともども屋敷のお殿さんからお叱りを被《こうむ》って国許に帰されたはずだ。顔に火傷《やけど》をこさえちまってよ。あれで奥様の無念も少しは晴れたとおれは思っていたぜ」

「ところが、その日向が江戸に出て来ている」

「え？」

伊三次の胸がぎくりと音を立てた。嫌やな気分がせり上がっていた。

「火傷の手当が国許じゃ思うようにゆかなかったらしい。日向は殿様の許しを得て江戸に出て来たようだ。江戸にはいい医者もいるし、いい薬も手に入るからな。ちょうど火事で焼けていた茶室が建て直され、その茶室開きに合わせてやって来たらしい。この様子じゃ、年越しもこっちで済ませるようだ。隠居の身だからお務めに障りはないし、茶の湯の修業を長いことやっていたので、あちこちの武家屋敷を廻って茶の湯の手ほどきをしている。小遣い銭稼ぎにもなるだろうさ。大沢様が仕えている藩のお屋敷にも顔を出している。大沢様は恐らく、そのことを奥様に知らせていたんだと思う」

「そいじゃ、今日の茶会というのは……」

「日向が顔を出している一年の納めの茶会だ。でかい茶碗で茶を回し飲みするやつよ。客が大勢集まる茶会なら奥様一人ぐらい紛れ込んでも誰も不思議とは思わねェだろ？」

「日向は奥様の顔を憶えていねェのか？」

「憶えていねェだろう、多分。奥様はそれを確かめるためにも出かけたんだ」

「確かめてどうするつもりだ」

そう言った伊三次に松助は「どうする？」と逆に訊いた。試しているような感じだった。

「仇《あだ》を討つつもりなのか？」

固唾《かたず》を飲んで伊三次は訊いた。

「恐らくな」

「松さんは馬鹿に呑気な言い方をする。そういうことなら旦那に話をしたらいいだろう」

「話せばどうなる。旦那は今度こそ奥様を許さねェぜ。手打ちにするかも知れねェ」

「………」

今度こそ、と言った松助の言葉が気になった。北陸の小藩で留守居役を務めていた日向伝佐衛門《でんざえもん》は不審火で江戸藩邸の御長屋を焼かれた。日向は、その時、火傷を負ったのである。火事は不破の隣りに住んでいた女房の仕業と睨《にら》んでいたが、その女房も自分の所から出した火事がもとで死んでいる。事件の真相はもはや藪《やぶ》の中である。

日向がいなみの実家である深見《ふかみ》家にとって恨みの深い人物と伊三次が知ったのは、その事件のずっと後である。あるいは、いなみが隣家の女房をそそのかして火事を起こさせたものかと、ふっと思ったこともある。しかし、それを不破に訊ねることはできなかった。

「松さん……松さんだから訊くが……」

「何んだ？」

「日向の屋敷の火事は、もしかして奥様が隣りの女房をそそのかしてやらせたことなのか？」

伊三次の問い掛けに松助は、しばらく黙ったままだった。隣家の女房は放火のくせがあった。いなみはそれを利用したように思われてならなかった。松助は深い溜め息を洩らした。

「お前ェはどう思う」

松助は聞き取れないほど低い声で訊いた。

「わからねェ」

「おれもわからねェ、本当のところは。だが、あの女房が日向の屋敷に付け火する理由は何もねェ。奥様にならあるが……真相を知っているのは旦那だけだろう」

松助の言葉に、伊三次の背中が粟立った。伊三次は奥歯を噛み締めて「それで松さんはおれにどうしろと言うのよ」と訊ねた。

「知れたことよ。奥様を止めてほしい。それができるのはお前ェだけだ」

「旦那に内緒で？」

「ああ」

「松さんは奥様の仇討ちは必ずあると思っているのか？」

「十中、八九な」

「おれにそんな力はねェ。奥様が堅い決心でそうされるんなら、誰もそれを止めることはできねェ」

「旦那はどうなる？　仇討ちが世間に知れたら旦那だって、ただじゃ済まねェ。奥様はお上に仇討ちの届けなど出さずに事を起こすだろう。そうなりゃ、こいつは仇討ちじゃなく人斬りだ」

人斬りと言った松助の言葉が重く伊三次にのし掛かった。

「なあ、頼む」

松助は仕舞いには縋るような声になった。

「よしちくれ。奥様のことも旦那のこともおれにはもう関係のねェことだ」

「伊三次」

松助はきつい眼で伊三次を睨んだ。

「旦那に意地を張るのもてェげェにしろ。そりゃあ、お前ェが人殺しの下手人と疑われて旦那が指をくわえて見ていたのは情けねェ話だった。だが、今までのことを考えてみろ。お前ェを一人前の廻り髪結いにしてくれたのは誰だ？　お前ェが大手を振って江戸を歩けるようにしてくれたのは誰だ？　旦那じゃねェか。旦那がいなかったら、お前ェはさしずめ、所払《ところばら》いを喰らって、この江戸にはいられなかっただろうよ。そいつを考えてみたら、とてもそんな薄情な台詞《せりふ》はほざけねェはずだぜ」

昔の嫌やなことを思い出させてくれると腹が立ったが、伊三次は言い返せなかった。その通りだった。

「な、頼む。この通りだ。おれ達も加勢するから何んとか引き受けてくんな」

松助は掌を合わせて言った。

「おれ達って誰よ」

「松の湯の留蔵、弥八、深川の増蔵、もちろん、おれ。それに役には立たねェだろうが父っつぁんも手を貸すと言った」

「こいつは驚いた。すっかり根回しができていらァ」

伊三次は呆れた声になった。

「小者同士で話をしたんだ。つい、さっきのことだ。深川の増の字は、やはり伊三次がいなけりゃどうにもならねェと言った。誰がお前ェを説き伏せるか頭を抱えた。そいで、恨みっこなしということで賽《さい》ころで決めた。おれが当たっちまったという訳だ」

伊三次は松助の言葉に苦笑して鼻を鳴らした。

「旦那には内緒で事を運ぶんだ。それならいいだろう？　お前ェはまさかおれ達まで恨んでいるんじゃねェだろうな」

松助は心細いような顔で訊いた。

「そこまで底意地は悪くねェつもりだ」

「そいじゃ、これで決まった」

松助はようやく安心した表情になった。

「で、とりあえず、これからのことでお前ェの考えが聞きてェ」

間抜けな問い掛けだった。そこまで意気込んで来たからには何か策がありそうなものだ。伊三次が渋々引き受けた途端に、もう手下に回っている。伊三次は苦笑して口を開いた。

「当たり前のことだが、奥様から目を離さないことだろう」

「うん。それは父っつぁんに任せよう。おれは日中、旦那の件についてるから。それから？」

「日向がでかける先も調べておくことだ」

「出先だな、わかった」

「今のところはそれぐらいだろう」

「肝心なのは奥様が事を起こす日だ。それはどうやったらわかると思う？」

「そいつァ……」

伊三次は煤《すす》けた天井を睨んで腕を組んだ。

ふと、いなみの言葉を思い出していた。この次、もう一度、髪を結ってほしいと言っていたことだ。きっと頼まれてくれと切羽詰まったような顔で言っていた。

「松さん、おれは奥様にもう一度、髪の御用を頼まれている。そのことをどう思う？」

「え？　本当か？」

松助はぎくりと伊三次を見ると「事を起こす日は身を清め、髪を結い、着物も調えてやるということか……奥様らしい」と独り言のように言った。伊三次は言葉を続けた。

「すると、日にちはわかるから問題は仇討ちの場所だ。奥様は自分が一番やり易い時刻と場所を選ぶはずだ。気をつけるのは奥様に決しておれ達の行動を悟られないことだ。奥様はあれで勘がいい」

何年も不破の小者を務めていたせいで段取りがするりと口を衝いていた。そういう自分を不思議に思う余裕は、その時の伊三次になかった。

「いよいよとなったら、お前ェどうする？」

松助は心細い表情で訊ねた。

「そりゃ、必死で止めるしかねェだろうよ」

「斬られてもか？　奥様は小太刀《こだち》の遣い手だぞ。それに日向には伴の侍もいるだろうし」

「何んだ、松さん。やけに弱気なことを言う。最初はどうでも止めろと脅したくせに」

「そ、それはそうだが……何んだか嫌やな気がして来た。お前ェの身が危ういとなったら、おれもちょいと気が引けて来たのよ」

「だから、そうならねェように皆んなでやるんだろう？　怖じ気づいて見殺しになんざ、しねェでくれよ」

「わ、わかった。そいつは任してくんな」

「万が一、それでおれが命を落としたにせよ、仕方のねェ話だ。所詮、小者なんざ、そんな宿命《さだめ》よ」

そう言った伊三次の顔を松助はまじまじと見つめていた。それからゆっくりと腰を上げ、「邪魔したな。帰るぜ」と、ぽつりと言って表に出て行った。

松助が帰っても、しばらく伊三次は座ったままだった。自分の言葉を反芻《はんすう》していた。所詮、小者なんざ、そんな宿命。

季節のせいでもなく、伊三次の背中はざわざわと寒かった。

四

深川の丁場を二つやっつけた伊三次は、昼前にその日の仕事を仕舞いにしてしまった。どうも仕事をする気になれない。やたらお文のことばかりが気になって仕方がなかった。

空は鉛色の雲で厚く覆われていた。今しも白いものでも落ちて来そうな気配がする。そうなったとしても不思議ではない。何しろ極月、師走である。

お文の家の近くに狭い堀を挟んで黒船稲荷《いなり》がある。いつもは何気なく通り過ぎてしまうのだが、その日はわざわざ橋を渡って鳥居の前に行き、賽銭《さいせん》を出して掌を合わせた。首尾がうまく行くように。自分の命が無事であるようにと。

踵を返すと、お文の家の女中が立ち止まって伊三次を見ていた。

「兄さん……」

「おみつ坊」

「お稲荷さんに何をお祈りしていたんです？」

「まずいところを見られちまったな。お文には内緒だぜ」

「いつもは神仏なんて糞喰らえの兄さんだから、あたし何んだか気持ちが悪い」

「何言ってる」

「姉さんならおりますよ。あたしは買物に行って来ますからどうぞごゆっくり」

「やけに思わせぶりな物言いだな」

「ずっと離れていたのですもの。さぞや積もる話もあるでしょうよ。毎日でも寄って下さいましな」

「ねェよ、今更話なんざ」

「あら、無理してる。じゃあね」

おみつは悪戯っぽい表情で歩き出したが、すぐに振り向いて「そうそう、京橋の弥八さんが昨日、来てましたよ。兄さんが顔を出すだろうかって、ずいぶん気にしてましたけど」

「そうかい。ありがとよ。おみつ、気をつけてゆきな。転ぶんじゃねェぞ」

「兄さん、あたしはもう子供じゃありませんよ」

おみつはぷっと頬を膨らませて小走りに駆けて行った。

庭先から声を掛けると障子が開いた。お文は洗い髪を背中に散らした恰好で顔を出した。すぐに火燵《こたつ》に伊三次を促した。伊三次は持っていた台箱を部屋の隅に置くと火燵に足を入れた。

「弥八が来て行ったよ」

「ああ、今そこでおみつに会って聞いた」

お文は長火鉢の猫板に湯呑を出して茶の用意を始めた。

「また髪を洗ったのか。あんまり洗うのはよくねェぜ。髪結いが苦労する」

伊三次はお文の髪を気にして言った。

「お前ェ、今日も結ってくれるのか？」

大儀で黙った伊三次にお文は鼻先で笑った。

「都合の悪い時は返事をしねェ男だ」

お文は煙草喫いなので髪に匂いがこもるのを気にして洗うのだろう。それなら煙草をやめたらいいものを、間が持たないと言って一向にやめようとはしない。もっとも人の言うことを聞く女でもない。

「弥八は何か言っていたか？」

冷えた身体はなかなか温まらなかった。特に指先がかじかんでいる。いなみが事を起こす日が大雪だったらどうしようと思った。いなみを止めることより、雪の中で凍える方が億劫に思えた。

「敵は本能寺」

「え？」

お文の言葉に一瞬、伊三次はぎくりとなった。だが、お文はにッと笑って、「そんなことは言っていなかったが……」と言った。

「おきあがれ、唐変木《とうへんぼく》！」

はは、とお文は女にしては色気のない声で笑った。

「敵は日本橋の『ぬり屋』という薬種屋と、吉原田圃《たんぼ》を十日に一度ほど交互に通っているそうだ。何んの謎だえ？　お前ェは不破の旦那の御用は断ったはずだ。またぞろ心変わりして始めるのかえ？」

お文はからかうような顔になっている。

「心変わりはしてねェが、どうも抜き差しならねェ用事を頼まれちまってな。腐っているところだ」

「どうだか……」

お文は鉄瓶の湯を急須に注ぎながら笑っている。

「捕り物しねェお前ェはどこか腑抜《ふぬ》けに見えていたが、今日はどうして男前に見える」

「褒めても何も出ねェぜ」

「あい、お茶《ぶう》」

「うん」

伊三次は猫板に手を伸ばし、おおぶりの湯呑に入った茶を口をすぼめて飲んだ。

「茶会の菓子っていうの喰うかえ？」

「何んだ、それ」

「だから茶の湯の席で出す菓子のことさ。砂糖で固めたようなものだ。落雁《らくがん》に似ている」

「出してみな。味見する」

お文はふんと笑って戸棚から塗りの皿にのせたものを取り出し、伊三次の前に置いた。梅の花びらと末広の形をした本当に小さな菓子だった。梅の方は薄い紅で染めてあり、末広は淡い緑色がぼかされている。口に入れると、さっと溶け、品のいい甘さが拡がった。

「うめェ」

「そうかえ。それしかないから薬みてェなものだが、あいにく今日は他に菓子がないから、ちょうどよかった」

下戸の伊三次のことを思って、お文はいつも菓子を用意してくれるのだ。

「この菓子はもらったのか？」

「ああ、お客さんからね。茶会の帰りに茶屋に来て、わっちにくれたのさ。懐紙に包んでいたから御祝儀《おはな》かと思ったら益体《やくたい》もねェ」

「深川でも茶会はよく開かれるのか？」

「どうだろうねえ。茶の湯は仕来たりがうるさいから季節ごとに何んだかんだと茶を点《た》てることがあるようだ」

「お前ェは心得があるのか？」

「飲むだけさ。袱紗《ふくさ》を捌《さば》いて、どうこうするのはとうに忘れちまったよ」

「日向伝佐衛門って茶の湯を教える年寄りのことを聞いたことはねェか？」

伊三次が二つ目の菓子を口にして訊くと、お文がすいっと眉を持ち上げた。

「その菓子をくれたのが日向って爺《じじ》いだ」

「なに？」

伊三次は真顔でお文を見た。深川まで出没していたのかと思った。年寄りのくせに行動の範囲は広い。お文がつっと膝を進めた。

「その爺いが捕り物の目当てか？」

「捕り物じゃねェわ。おれには義理も関わりもねェお人よ。黙って国許でおとなしくしてりゃあいいものを、あっちこっち動き廻るから厄介なことになるんだ。日向は伴の侍をつけているんだろ？」

「ああ。お付きの侍が二人ついている。そいつが狙われているのか？　刺客《しかく》か？」

お文も真顔になっていた。

「刺客か……そうだな、刺客に狙われていることになるんだろうな」

伊三次は他人事のように言った。

「渋い恰好をしている男だ。頭はすっかり剃り上げて、着物の共切れで作った頭巾を被っているよ。ほら、俳句をひねる年寄りが、よく頭にのせている……」

お文は手振りを加えて伊三次に説明した。

「ああ、わかるぜ」

「顔にちょいと目立つ火傷の痕がある。本人はそれをずい分気にしているようだった。わっちは悪い奴とは思えなかったが……」

会ったことはなくても、お文の話から日向の人相はおよそ見当がついた。

「帰りに京橋に行って弥八の顔を覗いてくるか……」

伊三次は大きく伸びをして言った。

「もう帰るのか？　そんなに忙しいのか？」

お文が縋るような眼になっている。

「忙しかァねェよ。それならここには来ねェ」

「晩飯を喰ってゆっくりしてゆきな。何んならわっちはお座敷を休んでもいい」

「休んじゃ、お足が入って来ねェぜ」

「お前ェのためなら構うものか」

「お、今日の文吉姐《ねえ》さんは、やけに女らしいの」

伊三次は悪戯っぽい表情で言うと、懐から少し持ち重りのする巾着を取り出していた。両替で小判に替えてあったものだ。

「預かってくれ。二十両ある」

「どうしたんだえ？　また盗人に狙われているのか？」

「外聞の悪りィ。そうじゃねェが、今度の仕事はどうも気が進まねェ。こんな時はろくなことが起こらねェもんだ。万一の時……」

伊三次がそこまで言うと、お文は「嫌や！」と悲鳴を上げた。伊三次にぶつかるようにしがみつき、胸倉を揺すった。

「縁起でもねェ、話しとくれ。何があるんだ？　お前ェは刺客と差しで闘うつもりか？　何んでお前ェがしなきゃならない。他に、もっと腕の立つ奴がいるじゃないか。そうだ……こんな時こそ不破の旦那に頼むんだ。お前ェが嫌やなら、わっちが口を利いてもいい」

「お文……」

伊三次はお文の身体を抱え直して、その長い髪を背中に撫でつけて、まじまじと顔を覗き込んだ。

「死ぬつもりはねェけどよ、世の中、何が起きるか知れたことじゃねェってことよ。こいつは不破の旦那には内緒のことなんだ。金輪際、余計なことは喋っちゃならねェ。お前ェが喋ると面倒なことになるんだ。いいか、それはくれぐれも言っておくぜ」

「何んだよ、わっちにはさっぱり訳がわからねェ。気が変になりそうだ」

「黙ってこの金、預かってくれ。もしもの時には炭町の梅床《うめどこ》の姉ちゃんに半分やってくれ。残りの半分はお前ェのものだ」

伊三次はそう言ってお文をきつく抱き締めた。甘い香りが伊三次の鼻腔をくすぐる。お文は低い声で泣きながら伊三次にしがみついていた。その時、伊三次は初めていなみに強い憎しみを感じていた。

五

いなみと日向伝佐衛門に関する話は毎日のように伊三次に伝えられた。

昼間は深川のお文の家が連絡場所になり、門前仲町の岡っ引き増蔵や子分の正吉《しょうきち》、京橋の弥八が顔を出す。お文はいつになく多い客に茶を淹れたり、菓子を出したり忙しくしている。昼の時分にはおみつに握り飯を拵えさせた。お文はその忙しさを楽しむようにも見えたが、実際は塞ぎ込むのを恐れて、身体を使うことで不安を忘れようとしているのだった。

これだけ不破の配下の小者が顔を出すのに、肝心の不破はさっぱり訪れる様子がない。そろそろお文も何やら感づいているようだ。だが、伊三次が口止めしたことを守って余計なことは何一つ喋らなかった。

夜は夜で松助が伊三次の塒を訪れた。湯屋を閉めた後には留蔵が、朝方は作蔵が伊三次の塒の油障子を叩く。全く気の休まる暇もない毎日が続いた。

いなみにもらった手間賃は懐紙に包んだままにしておいた。次に呼ばれた時に過分なものは返すつもりだった。しかし、次の機会はなかなか訪れては来なかった。

日向伝佐衛門が日本橋の薬種屋「ぬり屋」を時々に訪れるのは変わっていない。ぬり屋はその名が示す通り、膏薬《こうやく》の評判の高い店だった。日向はそこで火傷に効果のある馬の油を求めていた。馬喰《ばくろう》からそのまま持って来たものではなく、ぬり屋のそれは不純物を取り除き、膚の肌理《きめ》を整える薬を混ぜた高価なものだった。

ぬり屋の店前は人通りもあり、近くに自身番もあることから刃傷沙汰《にんじょう》を起こすのに、ふさわしい場所と思えない。伊三次はそこでの仇討ちはないだろうと踏んだが、留蔵はぬり屋の様子を窺っているいなみを見たという。全くないとは言い切れないと留蔵が言えば、途端に伊三次も自信がなくなった。

かと思えば、いなみの弟である大沢崎十郎の仕える小網町の旗本屋敷にも日向は頻繁に訪れるという。こちらは武家屋敷が密集している地域なので、務めを終えた家臣が退出してしまうと人気《ひとけ》は絶える。こちらの可能性も強い。崎十郎がいなみを助太刀することも考えられた。だが、いなみは崎十郎の将来をかなり心配している。そこで事を起こせば必ず崎十郎は藩から仔細を問われる。伊三次はいなみ一人で仇討ちを行うような気がしてならない。しかし、松助はそうだろうかと怪訝《けげん》な顔をする。

深川の増蔵は日向が吉原の遊女屋を訪れることに勘を働かせていた。

大籬《おおまがき》「扇屋」の主人は狂歌を嗜《たしな》み、武家で構成される狂歌連の集まりを自分の見世で行わせていた。その会合に日向も顔を出していた。どこまでも風流な男である。訪れる時は駕籠《かご》を使う。大門口《おおもんぐち》までのだらだら五十間道《ごじっけんみち》、くの字曲がりの衣紋坂《えもんざか》、日本堤《にほんづつみ》。いなみが待ち構える場所は幾つも考えられる。しかし吉原は、かつていなみが半年ほど暮していた。いなみは小見世の遊女だったのだ。そこは、いなみが一番忘れたい場所でもあるはずだ。どうだろうかと伊三次は訝《いぶか》しむ。

各自が勝手に意見を主張するので、伊三次は判断に迷った。

師走の十日も過ぎると初雪が降った。ひと晩で江戸の町々は白い景色に変わった。

伊三次は元禄の頃の赤穂浪士の討ち入りを思い出し、ひそかにその日を身構えていたが、いなみはそこまでこじつけるつもりはないようで、十四日は大過なく過ぎた。

だが、二十日過ぎて、いよいよ江戸の町が気忙《きぜわ》しさを漂わせると、不破の所の下男の作蔵は、いなみが手甲《てっこう》、脚絆《きゃはん》を縫い上げたと知らせて来た。やはり、仇討ちは確実に行われるのだと伊三次は強く感じた。

その年の暮ほど伊三次が鬱陶《うっとう》しさを感じた年もなかった。仕事が忙しかったのもそうだが、今か今かと待ち構えている苛立ちが始終、伊三次を責め立てていたからだ。いざという時のために伊三次は蓑と笠を新調したが、その出番はなかなか訪れて来ず、無情に時が経つばかりだった。

お文は口数が少なくなった。軽口も叩かない。物思いに耽《ふけ》る伊三次の横顔を寂しいとも悲しいともつかない表情で眺めているだけだった。眼が合えば、言葉もなく抱き合い、絡み合うばかり。閉じた障子の外に降り続く雪の気配がしていた。

六

塒の低い屋根に積もった雪が、どさりと無粋な音を立てて落ちた。伊三次はその音で目を覚ました。吐く息は白かったが、いつもより身体が軽い。台所に下りて、煙抜きの窓を開けると、久しぶりによい天気だった。天気がよいのはありがたいが、雪が解けて道がぬかるむのが嫌やだと思った。

外に出て、井戸の傍に行き、いつものように口を漱《すす》ぎ、顔を洗った。八丁堀の御用がなくなったので、朝は以前より呑気ができる。

「伊三次さん」

しゃがんだ伊三次の背後から声が聞こえた。

振り向くと作蔵が立っていた。

「奥様が来て下せェということです」

作蔵はこわ張った表情で言った。

「明日か、明後日か？」

伊三次も緊張した声で訊ねた。

「いえ、今日です。これからすぐ」

「何んだって？　奥様は二、三日前に知らせるとおっしゃっていたんだぜ」

「どうでも今日にしてほしいと……日向が明日、江戸を発つんです」

「国許へ？　こんなに押し迫ってからか？」

「懇意にしているお屋敷のお殿様が是非にも会いたいということで、そちらに廻るようです。江戸からさほど遠くない藩の殿様です。日向は、そこで正月を過ごして、気候のよくなった頃に国許に戻る様子です」

「日向が帰ることを誰に聞いたんだ？」

「大沢様です。昨夜、お越しになりました。それでわしは立ち聞きしたんでさァ」

「旦那はいなかったのかい？」

「旦那様はお見廻りで遅くまでお戻りになりませんでした」

「松さんに知らせたのか？」

「それが知らせようにも、間の悪いことに、いつも旦那様か奥様が傍におられまして、どうにもなりませんでした」

「まずいぜ、作蔵さん。どこで奥様が事を起こすのか、おれには見当もつかねェ」

「大沢様のお殿様には、すでに暇乞《いとまご》いをしている様子です。ぬり屋の方も纏《まと》まった膏薬を用意したようです」

「そいじゃ、後は？」

「吉原《なか》でしょう。遊女屋の亭主に挨拶を済ませておりませんから」

なかと隠語で話した作蔵をからかう余裕もなかった。

「間に合わねェ。作蔵さん、ご苦労だが、その足で京橋の留さんの所に知らせてくれねェか？」

「それが……」

作蔵は申し訳なさそうに細い眼をしばたたいた。

「わしは坊ちゃんのお伴をして道場に行かなければなりません。奥様から正月の祝儀物を届けるように言いつかったもので……」

途方に暮れる思いがした。自分が京橋まで行くことも考えたが、それよりも出仕する不破と途中出くわせば、伴をしている松助に何か知らせることができるかも知れないと思った。不破を前にして居心地の悪い思いをすることなど後回しだった。

作蔵は伊三次を何度も振り返りながら組屋敷に戻って行った。

伊三次は大急ぎで台箱に必要な物を収め、戸締まりもせずに塒を飛び出した。盗られるような物は、もはやない。

海賊橋の手前で不破を待ち伏せした。いつもの道筋だった。待っている僅かな時間がひどく長く感じられて、伊三次は苛立った。

「おう」

不破は伊三次の顔を見て、少し驚いた表情をしたが、気軽な言葉を掛けて来た。

「旦那、お務めご苦労様です」

伊三次は頭を下げた。素直な伊三次の態度に不破は思わず笑顔を見せた。

「松さん、門前仲町の増さんが、何か用があるらしいです。吉原の何んとかって見世の

た。

「何んだ？」

ことで」

咄嗟《とっさ》にそんな言葉になった。松助は「はん？」と顎をしゃくった。

不破も不審そうに伊三次に訊いた。

「いえ、御用の筋のことじゃありません。増さんから、そんなふうに言われただけで、わたしも詳しいことは知りやせん。旦那の御用が済んだら顔を出して見たらどうです？」

そこまで言っても松助はまだ呑み込めない顔をしていた。苛々したが時間がなかったので、すぐに組屋敷の方に踵を返していた。「おかしな野郎だ」という不破の声が聞こえた。

勝手口から声を掛けると、いなみは台所の板の間に正座して待っていた。

「遅くなりやした」

「急なことで、来ていただけないのかと思っておりました」

いなみは御納戸色の無地の着物に黒の帯を締めていた。すぐに伊三次を板の間に上げ、頭の手拭いを取った。ばらりと長い髪が背中に流れた。

「あの、奥様……」

伊三次は懐紙に包んだものをいなみに差し出した。

「先日の手間賃です。こんなにはいただけません」

「いいのよ」

いなみは伊三次の手を柔かく払った。「あなたには色々お世話になりましたから、そのお礼の意味もあるのですよ。今日はまた、別に差し上げます」

「いえ、結構です。決まったものをいただくだけで」

「おかしな人。お金は幾らあっても邪魔になるものではないでしょう。黙って取って下さいな」

伊三次は仕方なく懐紙に包んだものを懐に戻して台箱を開いた。

「今日はどちらまでいらっしゃるんです？」

「お弔《とむら》いよ」

「さいですか。どうりで恰好から、そうじゃないかと思いやした。どちらのお弔いでございますか？」

ひと呼吸置いて、いなみは「崎十郎の親戚の方です」と応えた。すぐに「不破には内緒なのよ。黙っていてね」と言い添えた。

「夫婦の間に内緒はいけやせん」

「………」

「わたしがお伴致しやす」

「いいえ。作蔵がおりますから」

「作蔵さんは坊ちゃんの剣術の道場に一緒に行かれましたよ。来る途中で会いました」

「そう？　じゃあ、おたつにでも」

「おたつさんに伴をさせたら、この屋敷は人がいなくなる。物騒ですよ」

「………」

「旦那に内緒なら、尚更わたしは心配です。お伴させて下さい」

「どうでも？」

「へい」

いなみは引き下がらない様子の伊三次をじっと見つめてから口を開いた。

「吉原に行くのよ。崎十郎の親戚じゃないの」

「………」

「吉原の、わたくしがいた小見世なのよ」

「さいですか……」

「驚かないの？」

「別に……」

伊三次はいなみの髪を筋分けしながら応えた。背縫いに付いている紋は、やはり違い鷹の羽だった。伊三次は少し引っ詰めの丸髷に拵えた。少々の動きには乱れないようにとの配慮である。いなみはそれについて何も言わなかった。もはや髪型など、いなみにとってはどうでもよかったのだろう。気持ちの整理のために伊三次に髪を結わせたに過ぎないのだ。

必死で止めると松助や他の小者達には言ったが、さて、どこでどんなふうに止めるのか、伊三次に策はなかった。

「どうでもついて来るとおっしゃるの？」

いなみは髪ができ上がると、また懐紙に包んだものを伊三次に渡しながら訊ねた。持ち重りのするそれは小判に違いない。

「へい」

「わたくしが吉原に行ったこと、不破に喋らない？」

「へい」

「それならいいわ」

伊三次に口止めしたところで、事を起こせば、いずれ知れるのだ。先のことに頭が回らない様子のいなみが哀れに思えた。台箱は女中のおたつに預けた。

「奥様と道行きだなんて、伊三次さんも隅におけないですわね」

おたつは馬鹿な冗談を言った。ああ、そうともさ。奥様と自分は死出の道行きだ。伊三次は胸の中で呟いたが、おたつには、鼻先でふっと笑って見せただけだった。

吉原には舟を使った。大川に出て、山谷堀に着ける吉原通いの客にはおなじみの道筋である。いなみは黒い御高祖頭巾《おこそ》で頭を包み、手には風呂敷包みを抱えた。細長い形は小太刀と察しがついたが、いなみは掛け軸だと、わざわざ伊三次に言った。

山谷堀に着くと、いなみは近くの蕎麦屋に入った。腹拵えのつもりなのだ。とんだ忠臣蔵だと伊三次は思った。その昔、赤穂の藩士も討ち入り前には蕎麦を食べたと聞いたことがある。伊三次は胸がつかえて、せいろ一枚をようやく片づけたが、いなみは二枚の蕎麦をぺろりと平らげた。それも伊三次には驚きだった。いなみは伊三次が考えていたより、はるかに豪胆な女なのかも知れない。

山谷堀から吉原五町に入るには結構な距離がある。客はそこから駕籠を使う。いなみは足慣らしのつもりなのか、達者な足取りでたったと歩いた。大門前に着いた時、伊三次は額に汗を滲《にじ》ませていた。いなみは切手を買って四郎兵衛会所の若い者に見せた。吉原の女達は大門を通る時、通行証の切手を見せるのだ。遊女の逃亡を防ぐためだった。

大門前には二人の中間ふうの男が贅沢な造りの駕籠の傍に人待ち顔で立っていた。日向の伴の者か。そう思うと伊三次の背中に何やら寒気が感じられた。江戸町の扇屋の前にも二人の侍が表に立っている。日向は確かにこの吉原に来ているのだという思いが強くなった。昼前の吉原は通り過ぎる人も少なく、どこか気だるい雰囲気が漂っていた。

晴れた空から鳥の鳴き声が聞こえた。一瞬、伊三次は絵師の家にいた少年の絵を思い出していた。

伊三次がどれほど緊張した気持ちで歩いていても、空から見れば、のどかな風景の中の小さな点にすぎないのだ。

いなみは扇屋の前を表情も変えずに通り過ぎた。事を起こそうとするいなみも小さな点だった。そう考えると、一切が取るに足らないことに思えた。

「奥様……仇討ちなんざ、やめて下せェ」

伊三次は視線を足許に落として呟くように言った。いなみは足を止めて伊三次を振り返った。

「誰が仇討ちをすると言いました？　わたくしはお世話になったお見世にちょっと用事があるだけですのよ。可愛がっていただいたお姐さんが亡くなったので、お線香を上げに行くだけですよ」

「お手にしているのは小太刀じゃござんせんか？」

「違います」

中を改めさせてほしいと言ったら、いなみはどう応えるのだろうと伊三次は思ったが、それは言わなかった。

水道尻《すいどじり》まで来ると「伊三次さん、こっちよ」と、いなみが促した。

突き当たりを折れると小見世が軒を連ねる露地になった。行き交う者の鼻がぶつかりそうなほどに狭い。

軒行灯《のきあんどん》に「笹や」という文字が読める見世の前に来ると、いなみは伊三次を振り返った。

「外で待っていて」

「へい」

いなみは格子戸を開けて中に声を掛けた。

「まあ、さ、さ、さざなみさん……」

遣り手か、お内儀《かみ》か、嗄《しゃが》れた声で返答があった。さざなみは、いなみの源氏名であった。

いなみは内所に入った様子で話し声はそれから遠くなった。伊三次はむしろ、隣りの見世の二階から甲高い嬌声が聞こえ、そちらの方に気を取られていた。

おかしいと感じ始めたのは、いなみがその見世に入って小半刻も経った頃だ。出て来るのが幾ら何んでも遅いと思った。

伊三次は恐る恐る格子戸を開けて中に声を掛けた。三和土《たたき》にはいなみの履物が揃えて置いてある。

「ちょいとご免なすって。奥様の用事はまだお済みじゃござんせんか？」

「奥様って誰だえ？」

狡猾そうな眼をした中年女が伊三次をじろりと見て訊いた。着物の衣紋《えもん》が必要以上に抜かれている。いかにも色町の女という態《てい》である。

「以前、こちらの見世でさざなみという名で出ていたお人ですよ。先ほどこちらに伺ったと思いやすが……」

「さざなみさんなら帰りましたよ」

「え？」

伊三次の頭にかッと血が昇った。ついで後頭部がちりちりと痺《しび》れた。

「ですが、ここにまだ、履物が……」

「帰ったものは帰ったんだよ、しつこいね。人を呼ぶよ」

「おい、口の利きように気をつけな。こちとら八丁堀の旦那の御用をしている者だ。隠すとためにならねェぜ」

小者として長年遣い慣れた脅し文句がするりと口をついて出た。

「な、何んだよ」

女はぶるっと身体を震わせた。下っ引きに逆らうと面倒なことになるのはよく知っている様子である。

「奥様の一大事なんだ。正直に答えねェか」

「本当に帰ったんですよ、草鞋《わらじ》に履き替えてさ」

「何んだって」

「裏口から出て行きましたよ」

「手甲、脚絆、ついでに襷掛《たすきが》けしてか？」

伊三次は悪い予想を口にした。

「そうだよ。まるで仇討ちみたいな恰好でさ」

女が皆まで言い終わらない内に伊三次は見世を飛び出していた。

「くそッ、しゃれたことをしやがって」

いなみに対する悪態が初めて言葉となって口に出た。来た道をとって返すと、扇屋の前にいた侍の姿もない。伊三次は知った顔がないものかと辺りを見回した。松助がすぐに増蔵に連絡を取っていれば、彼等の姿があるはずである。しかし、誰もいない。いよいよ伊三次は一人でいなみの仇討ちを止めなければならなくなった。

すでに大門前にいた駕籠もない。伊三次は五十間道を走り、日本堤の向こうに眼を細めた。黒い人影が見える。

伊三次はぬかるむ土手の道を再び走り出した。刈り入れを終えた田圃に降った雪が解け残っていたが、そんな景色も眼に入らなかった。人影が次第に鮮明になってゆく。

いなみは件の侍に気丈に小太刀で立ち向かっていた。襷の白さがやけに際立って見える。

「待て、待ってくれ！」

伊三次は大声を張り上げた。一人の侍がこちらを見たが、他の一人はいなみから眼を逸《そ》らさなかった。

「お侍さん、待ってくれ、その女は気が触《ふ》れているんだ」

咄嗟にそんな言葉が出た。いなみと対峙《たいじ》していた侍が伊三次を見た刹那、いなみの小太刀がその男の刀を宙に舞い上げた。刀は地面に直立する形で突き刺さった。

「うぬらの腕でわたくしは斬れませぬ。怪我をしたくなければ横に控えておれ。わたくしのほしいものは日向の命一つ。日向、鏡心明智流《きょうしんめいちりゅう》師範《しはん》、深見平五の娘、いなみ。仇討ちに参上致しました。いざ、潔く……」

「奥様、やめて下せェ」

伊三次は駕籠に近づいたいなみに叫んだ。

「邪魔立てしてはなりませぬ。気が触れているなどと無礼な。わたくしは正気です」

もう一人の侍がいなみに果敢に斬りつけた。伊三次が声を上げる前に、いなみの小太刀はすばやく動いて、その男の手首を打った。男は呻《うめ》いて刀を離した。

「峰《みね》打ちです。これ以上手出しをするなら、その手首、打ち落として差し上げる。よろしいか？」

いなみの眼はつり上がり、顔は紅潮している。

「奥様、こいつは仇討ちじゃねェ、人殺しだ。奥様はお上に届け出をなさらずに事を起こしておりやす。ただでは済みません。どうぞ堪えて下せェ」

伊三次は少しずついなみに近づきながら諭すように言った。

「届けがあろうがなかろうが、そのようなこと問題ではありませぬ。いらぬ指図は受けませぬ」

「死んだ者がそんなに大事ですかい？　生きている旦那や坊ちゃんよりも」

伊三次の言葉に怒気が含まれた。そう言いながら、すばやく駕籠の前に立ちはだかった。

いなみは少しずつ間合を詰めて来る。伊三次は頭から髷棒《まげぼう》を引き抜き、止め金を外した。棒の先から錐《きり》状の刃が伸びた。

「あなたにはわたくしの気持ちはわかりません。わたくしは長い間、この時を待っていたのです」

「どうして奥様一人がなさるんです？　崎十郎様もいらっしゃるというのに……」

「崎十郎には将来があります」

「それは奥様だってご同様ですよ。これまで奥様は倖せに暮して来たはずじゃござんせんか。これからだって……」

「不浄役人の妻に甘んじる暮しが何んの倖せでありましょう」

いなみの言葉に伊三次の何かが弾けた。目の前にいるのは同心不破友之進の妻ではなく、日向の命を狙う刺客であった。いなみに対する遠慮はもはやなかった。

「いい加減にしねぇか。馬鹿馬鹿しい。何が不浄役人よ。あんたはその不浄役人に、あの小汚ねぇ遊女屋から救われたんじゃねぇのかい？　昔はどんなお姫さんかも知れねぇが、そんなことはすっぱり忘れて生きて行くのが恩返しだろうが。言うに事欠いて、その言い種《ぐさ》は何んでぇ。そいじゃ、旦那との十年余りの暮しは、あんたにとって何んだったんだ？　嘘かい、まやかしかい？　坊ちゃんは嘘をつき通すために拵えた方便かい？」

「よくもそんなことを……」

いなみの眼が怒りに燃えていた。小太刀が伊三次に向けて構えられた。伊三次も髷棒を斜に構えた。

「おれを斬るんですかい？　上等だ。斬ってもらいやしょう。どうせ惜しい命でもねぇ。覚悟はできておりやすよ」

伊三次はいなみに向けて、一歩前に進んだ。いなみに斬るつもりはなく、伊三次を威嚇する気持ちで髷棒を払ったのだろう。しかし、小太刀の切っ先が勢いで伊三次の左の掌に触れた。痛みは感じなかったが、掌から血が滴り落ちた。

「小太刀の遣い手にしちゃ思い切りが悪りィ。すぱっとやんなせい！」

伊三次が豪気に凄んだ時、「あいや、しばらく……」、駕籠の中から低い声が聞こえた。

「ご隠居、出て来ちゃいけやせん」

伊三次は駕籠に叫んだ。

「いやいや。それがしのために、見ず知らずの方の命が奪われるのは忍びない」

存外に透き通った声の持ち主は、媚茶の羽織、共の頭巾の恰好で姿を現した。小柄な老人であった。左頰から首に掛けて、少し目立つ火傷の痕があるが、温厚な表情をしている。存外に色白で品のよい老人であった。因業爺いを想像していた伊三次にとって日向伝佐衛門の印象は意外なほど違っていた。

日向はいなみに向かって深々と頭を下げた。伴の侍に新たな緊張が生まれた様子だった。

「父はそなたのために家を潰され、無念の内に自害して果てたのです。姉も父の後を追いました。残された母は心労でこの世を去り、わたくしも弟も苦汁を舐《な》めました。そなたに一矢報いるのがわたくしの務めと心得ております。いざ……」

いなみはそう言って小太刀を構えた。

伊三次は日向の身を庇《かば》うように彼の前に出た。伴の侍は日向の背後に廻った。

「おどきなさい」

いなみは伊三次に厳しい口調で言った。

「いいえ、退《の》きやせん」

「お若いの、いなみ殿がそれがしを斬らねば是非もないとおっしゃられるなら、老い先短いこの命、何んの未練がござろう。存分にご無念を晴らしていただきましょう」

そう言った日向から微かに伽羅《きやら》の香が匂った。なぜか伊三次はその年寄りを死なせてはならないと強く思った。

「ご隠居、息子さんが奥様の姉上様との縁組を破談にされたのには仔細があるんでげしょう？　それを奥様によっく話してやって下せェ」

「今更、何を申しても詮のないこと……」

「しかし……」

「深見先生にとって菊乃殿の祝言が間近に迫っていた時の突然の破談は、親の立場とすれば承服できないのも当然のことです」

「そなた達は私利私欲のために姉の話を断り、有利な縁組に乗り換えたのです」

いなみの言葉一つ一つに憎しみが溢れて聞こえた。

「わが殿のご親戚の娘御を押しつけられた我ら親子の困惑を、いなみ殿はご理解いただけますかな」

「言うな、それは理屈でありましょう」

「理屈？　藩主の言葉に背く家臣がどこの世界におりますか。藩主の言葉は天の声に匹敵するものではござらぬか」

日向はその時だけ厳しい声で言った。

「我ら親子はその縁談を藩命と心得てありがたく承知致したのです。菊乃殿にはまことにお気の毒でありましたが……」

「奥様、ご隠居を一方的に責めるのはよしやしょう。ご隠居にはご隠居の事情があったんですから」

伊三次はいなみを諭すように口を開いた。掌に焼けるような痛みが次第に広がっていた。伊三次はそれを堪えるために堅く拳を握り締めた。

「この十二年……」

いなみは来し方を偲《しの》ぶように溜め息混じりの声を洩らし、両の眼から涙を落とした。

「わたくしは両親と姉の無念を晴らすことばかりを考えて生きて来たのです……ここで本懐を遂げなければ、わたくしの生きて来た意味がなくなるのです……」

「奥様、ご隠居のお気持ちを察してやっておくんなせェ。お願い致しやす」

伊三次はいなみの眼をじっと見つめた。小太刀を持ついなみの力が僅かに弛んだと感じた。しかし、いなみは柄《つか》を持ち換えると、いきなり自分の胸に突き立てようとした。

それを止めたのは伊三次ではなく、日向の細腕だった。離せ、離さぬの小競り合いが続き、隙を見て、伴の侍がようやくいなみを押し留め、伊三次が小太刀を取りあげた。日向はいなみの勢いで尻餅を突いた。

「いなみ殿、そなたまでが命を絶たれては亡くなられた方の供養ができませぬ」

日向の言葉に、いなみは、はっと気づいたように眉を上げた。いなみはその場にしゃがみ込むと、両手で顔を覆った。

「ご隠居、お騒がせ致しました。後はわたしにお任せ下せェ」

伊三次は、いなみの小太刀を鞘に収めると日向に言った。

伴の侍に手をとられてようやく立ち上がった日向は、「怪我をしておりますぞ」と、伊三次をいたわる言葉をかけた。

「大丈夫です」

気丈に応えた伊三次に向けた日向の目許が微かに弛んだ。それから日向は、泣いているいなみの肩を二、三度、軽く叩いた。

「いなみ殿、息災でお暮しなされ。倅は菊乃殿の命日を忘れておりませぬゆえ……」

日向がそう言うと、いなみの泣き声はさらに高くなった。

日向はゆっくりと駕籠に戻った。隠れていた中間《ちゅうげん》が恐る恐る土手の陰から現れると駕籠を担いだ。伴の家来がすばやく両脇に一人ずつ付き添った。伊三次が家来に頭を下げると、駕籠は弾みをつけて日本堤を去って行った。

「仇討ちはもう仕舞いにして下せェ」

伊三次はいなみを見下ろして口を開いた。

いなみの細いうなじに掛かった後れ毛が小刻みに震えている。肯いたのかどうかはわからなかった。

遠くで自分を呼ぶ声が聞こえた。振り向くと、増蔵と松助がこちらに向かって来るのが見えた。まずは松助の呑み込みの悪さを毒づく言葉ばかりを伊三次は頭に浮かべていた。

七

いなみから受け取った一両と一分は、それからひと月ほど仕事を休んだことや、掌の治療の掛かりを考えると、いつもの実入りにさえ及ばなかった。

あの日、松助はいなみを連れて組屋敷に戻った。どうやら不破には知られずに済んだようだ。終わってみると、ひどく呆気《あっけ》ない。結局、損をしたのは自分だけのような気がする。

しかし、年の暮から正月を丸々、蛤町のお文の家で過ごすことになった。そんな年も珍しい。

左手が使えないだけで、他はどこも悪くないのだから退屈で仕方がない。三度の飯はおみつが用意してくれるし、掃除でもしようとすれば慌てて箒を取り上げられた。伊三次はこの頃、少し肥えたような気がしている。

伊三次は絵を描いていた。芝神明前の弟子の絵が忘れられなかった。真似をしてでも描いて、眺めて見たいと思ったのだ。お文の所にあった墨と細筆を使い、紙だけはおみつに買って来てもらった。

子供の頃、絵を描けばうまいと褒められたこともあったが、大人になった今、紙に描くそれは、お世辞にも褒められた代物ではない。

「おやあ、ご精が出ること」

朝寝からようやく覚めたお文が茶の間にやって来て伊三次の絵を覗き込んだ。

「そいつはあれかえ、鼠《ねずみ》かえ？」

お文の問い掛けに伊三次は噴き出した。

「おきあがれ。鼠が空を飛ぶか」

「へえ、すると鳥になるのか……下にあるごちゃごちゃしたものは何んだえ？」

「町並よ。鳥の眼になってみろ。空から下の景色はこんなふうに小さく見えるってことよ」

「ふうん」

お文は興味のない顔で火鉢の前に座ると茶の用意を始めた。

「昨夜《ゆうべ》、不破の旦那がお座敷を掛けてくれたよ」

伊三次は火燵《こたつ》に半身を入れて俯《うつぶ》せで筆を動かしながら、お文の話を聞いた。

「ずいぶん、お前ェのことは気にしている様子だった」

「………」

「手の傷が治ったら、また組屋敷に通ってもらえないか、だとさ。わっちは口添えを頼まれた。お前ェ、どうする？」

「………」

「旦那のご新造も心配している様子だった。心配なら見舞いに来たらいいものを。誰のせいで怪我をしたと思っているんだろうね。頭《ず》が高いったらありゃしない。だからわっちはお武家のおなごは嫌いなんだ」

「おれの怪我のこと、旦那はどんなふうに思っているんだ？」

「わっちは手が滑って剃刀でやっちまったと言っておいたが……ご新造のことは感づいているんじゃないのかえ？」

「そいつはどうかな。勘のいい時はこっちが舌を巻くほど鋭いが、鈍い時は馬鹿かと思うこともあったぜ」

「今頃、向こうは、くしゃみしているわ」

お文は愉快そうに笑った。だが、すぐに小意地の悪い表情になって「お前ェ、あのご新造にちょいと惚れているんだろ？」と言った。

「よしやがれ、おたんこなす！」

「そうでもなきゃ、ご新造の仇討ち、必死で止めるはずがねェ。死ぬ気でさ……それとも」

「それとも何んだ？」

伊三次は首をねじ曲げてお文を見た。

「旦那のためかえ？」

「………」

伊三次は応えずにまた手を動かした。誰のためだったのか今となってはよくわからなかった。

「どれ、湯にでも行って来よう」

お文は伊三次に湯呑を差し出すと腰を上げた。

「明日にでも台箱取りに行って来るか……」

独り言のように呟いた伊三次にお文は笑った。

「一番にご新造の髪をやるのかえ？」

「またこれだ。悋気《りんき》もてェげェにしねェか」

「そいじゃ、一番はわっちの髪ということで。いいね、きっと約束しておくれね」

「ああ、わかった、わかった」

そうは言った伊三次だったが、手慣らしに最初に結った髪はいなみのものになった。預け放しにしていた台箱を取りに八丁堀の組屋敷を訪れた時、いなみはぼんやりと庭を眺めていた。

不破も龍之介も出かけていた。いなみは伊三次の顔を見て、気後れした表情で頭を下げた。

髪をやらせてくれと言ったのは伊三次の方からだった。世間話する合間に自然に沈黙が挟まれるのが、気詰まりだったせいもある。

筋分けしたいなみの頭に銅銭ほどの禿げはまだあったが、よく見るとそこに黒い毛が僅かに生えて来ていた。早晩、もと通りになるだろう。

「奥様はようやくあのことからお気持ちが離れやしたね？」

伊三次が訊ねると「どうして？」と、無邪気にいなみは問い返した。まさか、禿げが治っていますとも言えず、伊三次は言い訳に苦労した。

そろそろ梅が咲く頃だろうか。不破の庭にある梅の樹《き》には毎年、鶯《うぐいす》がやって来ていい声で鳴く。

空は抜け上がったように青い。縁側で髪を結う伊三次に春を思わせる陽射しが降っていた。

いなみの髪を結う傍ら、伊三次は時々、視線を空に向けた。絵師の少年が描いていたような鳥の姿を、伊三次は無意識の内に捜していたのかも知れない。

摩《ま》利《り》支《し》天《てん》横丁の月

一

おみつは十二の時から深川芸者であるお文の家の女中をしている。おみつは年が明けて十六になったので、奉公は四年になる。

おみつはお文のことを今では実の姉のように思っていた。四年の間に背丈も伸びて、もうお文より一寸ほど背が高い。ことあるごとに背くらべをして、ある日、追い抜かれたと知った時のお文の悔しそうな顔といったらなかった。おみつはその時のことを思い出すと今でも噴き出しそうになる。廻り髪結いの伊三次が訪れた時も「伊三さん、聞いておくれよ。おみつがわっちより、でかくなっちまったよう」と溜め息混じりに訴えていた。

伊三次はおみつの顔を眺めると「そうか、おみつはお文よりでかくなったか」と、しみじみした口調で言った。この頃、伊三次は以前のようにおみつの頭を撫でたり、頰を人差し指でつっ突いたりしない。おみつはそれが少しもの足りないような気持ちでいる。

娘盛りになったおみつに何かと言い寄って来る若い男もいたし、母親のおとせから縁談を仄《ほの》めかされるようにもなった。

おとせは今川町の鳶《とび》職の頭《かしら》の所で修業している貞吉《さだきち》のことが気に入っているらしい。貞吉は二十五歳である。鳶職の傍ら火消し人足もしていた。さほど男前ではないが印半《しるしばん》纏《てん》からすっと伸びた足がいなせだ。火事が出る度に、そっちは大丈夫かと蛤町のお文の家まで様子を見に来てくれる。

深川の料理茶屋「宝来屋《ほうらいや》」で板前をしている金蔵《かねぞう》は二十歳。金蔵がおみつのことを気にしているようだと教えてくれたのはお文だった。宝来屋はお文が時々お座敷を掛けられる料理茶屋である。深川では名の知れた店だ。

お文の件をして宝来屋に行くようになって金蔵の顔を知るようになったのである。卵焼きの折を押しつけられたこともあった。悪い気はしなかったが金蔵にはあまり心が惹かれない。のっぺりした顔がおみつの好みではないというところだろう。

それからもう一人。京橋の「松の湯」という湯屋で三助をしている弥八がいる。弥八は十八歳で他の二人から見たら年下である。気性は男らしいが恰好がいただけない。人並の恰好の方が男前に見えるのに、と思う。

松の湯の主《あるじ》の留蔵は土地の御用聞きを務める岡っ引きなので、弥八も事件となれば留蔵を手伝っている。北町奉行所の定廻《じょうまわ》り同心の小者（手先）を務めていた伊三次とも前々から顔見知りだったようだ。

しかし、弥八が深川を訪れるようになったのは伊三次が小者の御用を退《の》いた後からである。

弥八は伊三次のことを実の兄のように慕っている。その意味ではおみつとお文の関係によく似ていた。弥八は伊三次と顔を合わせる機会が少なくなったので、わざわざ深川までやって来るのだ。蛤町の家に伊三次がいることは多い。この頃は特に。

最初に弥八が訪れた時のことは、おみつもよく憶えている。前年の秋のことだった。秋の陽射しがまぶしいほどに降り注ぐ日であった。

伊三次がお文の髪を結っている時に弥八が庭先から現れたのだ。縁側にいた二人の姿を外から認めたのだろう。

「姉さん、今日はいいお日和《ひより》ですね」などと愛想を言う声が台所にいたおみつにも聞こえた。低く籠《こも》っているがいい声だった。おみつは弥八に茶を出さなければと、野菜を洗う手を止めて茶の間に行った。弥八はおみつの顔を見ると少し驚いたような表情をした。その表情が解《げ》せなかったが「おいでなさいませ」と挨拶して火鉢の鉄瓶の湯を使って茶を淹れた。弥八はあまり喋らなかった。無口な男だと最初は思ったが、そうではないらしい。その証拠に伊三次は手を動かしながら「どうした、弥八」と訊いた。

「おっかしいねえ。だんまりを決め込んじまったよ。いつもの弥八と違うねえ」

お文も含み笑いを洩らしながら言った。

「お、おいら、兄ィがいなくなってから、さみしくて……」

弥八は慌ててそう応えた。取り繕《つくろ》うような感じがした。おみつが茶の入った湯呑を差し出すと、カクンと顎をしゃくって湯呑を手に取った。湯が少し熱かったらしく弥八はひと口飲んで「あちッ」と呻《うめ》いた。おみつの目にはその瞬間、弥八がその場で飛び上がったように見えた。

「申し訳ありません。お茶が熱過ぎましたでしょうか?」

おみつは慌てて謝った。

「い、いや……おいら猫舌なもんで。気にしねェでおくんなさい」

弥八は恐縮して頭を何度も振ったので、酔狂に横鬢《よこびん》に挿していた黄楊《つげ》の櫛《くし》がするりと落ちておみつの膝の前に転がった。

「あら、これ、女物の櫛ね」

おみつはその櫛を手に取ると少し驚いた声で言った。

「その櫛ァ、し、死んだ姉ちゃんの形見なんだ」

弥八の一番上の姉は産後の肥立《ひだ》ちが悪くて二十代の若さで亡くなっている。弥八はその姉に一番可愛がられたと言った。

「そうなんですか。弥八さんはきょうだい思いなんですね」

おみつが持ち上げると弥八は金時《きんとき》の火事見舞いのように顔を紅潮させた。伊三次は苦笑して鼻を鳴らした。お文はそんな伊三次の腰を軽く小突いていた。

改めて弥八の様子を眺めると、かなり恰好が変わっている。着物の裾を端折《はしょ》って、その下の紺の股引きはいいとして、上に羽織った半纏は女柄で紅の色が目につく。おまけに雪駄の鼻緒も紅《あか》い。唇は厚いが鼻は結構高い。目つきは少し鋭い。当たり前なら男前の部類に入りそうなものだが眉がいけない。剃っているのか抜いているのか、やたら細くて遠くからは眉なしにも見えた。

頭の髷《まげ》も筆のように細く、代わりにもみ上げが鬱陶《うっとう》しい。要するに相当に妙ちきりんな風態をした男だった。

おみつは門前仲町の岡っ引き、増蔵の子分の正吉と弥八を胸の中で比べていた。正吉も相当に妙ちきりんだったからだ。正吉は増蔵から、二言目には馬鹿、馬鹿と怒鳴られている。正吉も祭りになれば頭に花簪《はなかんざし》を挿したりする男だった。

弥八は伊三次に不破友之進へ詫びを入れて元の鞘に収まることを再三勧めた。どうやらそれは留蔵に言い含められたことでもあるらしい。伊三次の決心は変わらなかった。不破に信用されなかったことが伊三次の心の傷になっていた。お文に涙声で愚痴をこぼしていたのはおみつも知っている。「酒でも飲めりゃ憂さも晴れるのに」と、お文もどうしてよいかわからないというふうだった。

伊三次が殺しの下手人として疑われた時、不破は伊三次を庇わなかったという。それがなぜなのかおみつにはわからない。役人のすることなど十六のおみつには理解できる訳もない。ただ伊三次が気の毒だった。兄さんは悪くない。兄さんはまっすぐな人だ。だから姉さんも離れないのだ。行ったことはないけれど茅場町の裏店《うらだな》に伊三次の塒《ねぐら》があるという。ひどい所だとお文は言っていた。そんな所に住んでいるよりは蛤町の方が何倍もいい。おみつは伊三次が蛤町でお文と一緒に住んだらいいのにと思っている。しかし伊三次はそうしようとしない。

男の意地だとお文は笑う。馬鹿な意地さ、とも。お文の家は伊三次が銭を出したものではない。お文の世話をしていた旦那が買ったものだ。改築はその旦那の息子がした。その家に、たとえどんなに惚れた惚れられた間柄でも身を寄せることは潔くないと伊三次は思っているらしい。手前ェの力でやる。構わねェでくれ――伊三次が二言目には洩らす言葉だった。伊三次の意地がおみつにも寂しかった。もっと気楽に、もっと我儘《わがまま》でもいいのにと内心で思う。

十六になったおみつは先のことを考えると気持ちが滅入る。女中奉公は、そういつまでも続けられないだろうと思うからだ。友達の中にはすでに祝言《しゅうげん》を挙げて子供のできた者もいる。おみつは、すぐに嫁に行きたいという訳ではない。ただ、お文のことが引っ掛かる。お文を一人にして置けない。早く伊三次が床を構えてお文を女房に迎えてくれたらいいと思っているが、伊三次に面と向かって言えなかった。それを口にすれば伊三次を困らせることにもなるような気がした。

おみつ、おれァ、銭がねェからよ——溜め息混じりの声が容易に想像された。この先、二人はどうなるのか、おみつはそれを思うと心配でならなかった。

二

呉服橋御門内《ごふくばしごもんうち》の北町奉行所の一室で、与力・同心が集まって朝の申し送りが開かれていた。

取り締まりは南町と北町の奉行所が交替で行い、今月は北町の月番になっている。南町から引き継ぎがあった事件について彼等は意見を交換していた。江戸に桜の季節が巡って来た頃から市中の娘が失踪する事件が続いている。かどわかされて殺されてしまったものかと考えてみるが、娘達の亡骸《なきがら》は一人として発見されていない。それとも質《たち》の悪い女衒《ぜげん》に甘い言葉で誘われて遊女屋に売り飛ばされたのだろうかと、定廻り、臨時廻り、隠密廻りの同心が躍起となって吉原や他の岡場所を探っていた。しかし、相変わらず娘達の行方は知れなかった。特に下谷《したや》周辺に住む娘達が被害に遭っている。皆、買物や、ちょっとした用事で外へ出たまま家に戻っていなかった。失踪する以前の娘達には特に不審な様子はなかったし、無理やり連れ去られるところを見た者もいない。娘達は本当に風のように姿を消している。すわ神隠しかと、市中の人々は噂していた。

「武家の娘が含まれておりませんな。しかも下谷周辺の娘達ばかりでござる」

隠密廻り同心の緑川平八郎が娘達の素性に勘を働かせて口を開いた。開け放した障子の外に奉行所の坪庭が見えている。庭に植わっている松の樹枝を透かして、初夏の陽射しが白い玉砂利にまだらな光を落としていた。

「しかし、武家の娘というのは外出の際、下男なり女中なりが伴を致すので、敵もつけ入る隙がないのでござろう。自然、町家の者に目が行くのではござらぬか」

定廻りの古参、赤羽政右衛門《あかばねせいえもん》が緑川の言葉を受けて自分も意見を出した。赤羽は赤ら顔の太めの同心である。汗かきで、今も盛んに額の汗に手拭いを使っていた。

「それも考えられまする。しかし拙者はわざと武家の娘達を避けているふうが感じられてなりませぬ」

「というと？」

赤羽は怪訝《けげん》な表情でつっと膝を進めた。緑川は端正な顔の表情を微塵も変えることなく「武家の娘のかどわかしが公になった場合、敵の立場がいささか危うくなる、そういう人間の仕業ではないかと思えるからです。町家の娘達ならば、いかようにも始末がつけられると敵は踏んでいるように感じまする」と応えた。

「おぬしの言うことはさっぱり訳がわからぬ。そういう立場の人間とは誰なのでござるか？」

赤羽は苛々《いらいら》した声で訊ねた。不破友之進は腕組みをし、眼を瞑《つぶ》って二人の話を聞いていた。いねむりではないかと見習いの日下部《くさかべ》民之助が時々、不破の表情を窺っている。

「たとえば、大名屋敷の好色な藩主、あるいは旗本の暇を持て余している次男、三男であるとか……」

緑川の言葉に不破の眼がかッと開いた。民之助は思わずびくッと身体を震わせた。しかし、与力、片岡郁馬《かたおかいくま》の声が強い調子で緑川を制した。

「滅多なことを申すでない。大名家は江戸藩邸においても、お傍にはべる女性が何人も控えておいでだ。何も市中の娘達をかどわかしてまで己が欲望を果たす御仁はおらぬ。旗本屋敷とて同様。次男、三男はいずれ他家に養子に行く宿命。落ち着き先も決まらぬ内に自ら不利な状況を拵《こしら》える訳がない」

「はッ。申し訳ございませぬ。拙者、言葉が過ぎました。前言は取り消しまする。平にご容赦のほどを」

緑川はそう言って案外素直に頭を下げた。

しかし、片岡の言葉に緑川が納得している訳ではないと不破は内心で思った。不破はつい先頃、緑川が自分に洩らした話を思い出していた。

それは下谷に藩邸のある北辺の大名についての風聞だった。二十代の若き藩主は病弱な兄の跡を継いで、元服して間もなく藩主に就いた。英明で、しかも馬術に非凡な才があるという。たかだか三万石の小藩ながら上様の覚えもめでたく、もう少し齢《よわい》を重ねれば必ずや幕閣の要職に就くであろうとの噂であった。

しかし、その藩の藩主には代々、忌まわしい遺伝があった。病弱な体質もその一つであるが、二十歳を過ぎた頃から突如として性格の変化が訪れるという。「発疳《はっかん》」というのが医者の見立てた病名である。極度に神経が疲労すると発症するらしい。治療法はこれと言ってなく、ただただ当人の神経を刺激しないように気を遣うしかないのだ。

この病はまた異常な性欲をも引き起こすという。藩邸に奉公する奥女中から婢女《はしため》に至るまで藩主の手が付いていない者はないとまで言われている。緑川はその藩主と今回の事件に何らかの繋がりがあるのではないかと見当をつけていた。

「とにかく、下谷付近の娘達にはくれぐれも注意を払ってくれ。一人歩きをしている娘を見たら特にだ。やむを得ず外出する場合でも、なるべく陽の高い内に早々に家に戻るようにとな」

片岡郁馬は一同にそう申し渡した。

「平八郎」

　不破は見廻りで外に出る前に、同心詰所で着替えをしている緑川に声を掛けた。隠密廻りは変装する場合が多い。その日の緑川の姿は虚無僧《こむそう》であった。傍に天蓋《てんがい》と呼ばれる笠と尺八、「明暗」と書かれた黒い布施箱が置いてある。布施箱は首から吊り下げるようになっていた。

「やはり、この度の事件は例の大名家が関わっていると思うのか？」

　不破がそう訊ねると、白い上着に袖を通しながら緑川は口の端を歪めて笑みを洩らした。

「友之進は他に目星がついている者がいるのか？」

「いや……」

「他の奴らもこれと言った線は摑んでおらぬ。ならば、おれはおれのやり方でやるだけだ」

「しかし、片岡様はそのようなことは考えられぬと言われたではないか」

「片岡様は世間並の話をしただけよ。事が事なだけにおおっぴらに口にするのは憚《はばか》られると考えられたのだ」

　緑川は何か確信に近いものを摑んでいる様子である。もしも、この先、下手人の目星がつかないとすれば、やはりその大名家の藩主が疑わしいと不破も思う。

「仮に、おぬしの勘が当たっていた場合、もはや町奉行の管轄ではない。大目付の方に即刻連絡して指示を仰がねばならぬ」

「大目付が動くまでが至難の業《わざ》よ。奴らは確たる証拠がなければ動かぬ。殿様が娘をかどわかしている現場を押さえるなどせねば無理だ」

「おぬし一人では到底できない相談であろう」

「できるかできないかは、やってみなければわからぬ」

緑川は憮然とした表情で応えた。

「及ばずながら、おれも手を貸すぞ」

不破は低い声で言った。その拍子に緑川の表情がふっと弛んだ。

「おぬしの小者……髪結いの伊三次でもいたら、おれも少しは心強いのだが」

緑川は独り言のように呟いた。緑川は組屋敷に住み込ませている中間《ちゅうげん》の他に小者がいなかった。以前には何人か使っていたのだが、どうも緑川とは反りが合わず離れて行った。

それからはほとんど一人で行動することが多い。たまに伊三次が不破の命令で緑川の伴をすることがあった。伊三次だけは使いものになると緑川は不破に洩らしていた。

「おぬしが改めて小者に抱えてはどうだ？　おれは構わぬ」

不破はむっとした表情で言った。

「いい年して意地になるな。奴を引き留めなかったのか？」

「引き留めたさ。おとなしい面をしているが頑固な男だからうんとは言わぬ」

「少し手荒に扱い過ぎたか……」

緑川は後悔しているのか、遠くを見るような目つきになった。伊三次が殺しの下手人として疑いが出た時、緑川は不破の代わりに彼の取り調べを行った。自白させるためにかなりきつい仕置をしたのは事実だった。

「小者はあればかりでもない」

不破は諦めたように言った。

「ふん、それもそうだが、奴のように世間に紛れてさり気なく行動する者は少ない。惜しいことをした。おぬしも舐められたものだ」

「なに！」

むっと腹が立った。

「すぐむきになる。相変わらずだな。少し落ち着け。そういう了簡《りようけん》だから女房にも足許を見られて勝手なことをされるのだ」

緑川にそう言われて、一瞬、不破の胸にチクリと痛みが走ったような気がした。

「何が言いたい」

「いや……」

緑川は真顔になった不破から視線を避けた。

昨年の暮、不破の妻であるいなみが父親の深見平五の仇討ちをしようとして伊三次にようやく止められた経緯《いきさつ》があった。不破はそれをいなみの口から直接告白されて知った。大いに驚いた。聞けば不破の配下の小者達が一丸となっていなみの仇討ちを阻止したという。

奉行所内で事情を知っている者はいないはずである。

「平八郎、いなみのことを知っているのか？」

不破は低い声で訊いた。

「ああ」

「誰が喋った？　伊三次か？」

覆い被せて訊いた不破に緑川はふん、と鼻先で笑った。

「誰も喋らぬ。伊三次がひと月ほど仕事を休んでいたのは奴の客から聞いた。手が滑って剃刀でやったらしいと言っていたが、おれは素人でもあるまいし、と内心で思っていた。文吉の家の近くに住んでいる医者は顔見知りだったから、それとなく訊ねると手当をしたと応えた。あれは剃刀ではなく刀傷《かたなきず》だとな」

文吉はお文の権兵衛名である。黙っている不破に緑川は静かに話を続けた。幾分、声はひそめられた。

「おぬしの女房は小太刀を遣う。深見先生の娘だからな。その腕で大名屋敷の奥女中に奉公に上がるつもりもあったのだろう。ああいうことがなければな。深見先生が指南役を務めていた大名屋敷の元留守居役は江戸に出て来ていた。ちょろちょろ歩き廻っていたから、それはおぬしも知っていたであろう」

「いや、知らなかった」

緑川は少し呆れたように眉を上げた。

「先生とその留守居役との経緯はおれもよく憶えている。おぬしの女房の人生を狂わせた張本人だ。戻って来たと知らされてはおぬしの女房も黙ってはいまい。さしずめ……おぬしの女房が仇討ちを決行して伊三次に止められた。奴はその時、小太刀で怪我をしたのだ、そうだな？」

「………」

「おぬし、それで女房とは離縁する話にでもなったのか？」

緑川は至極当然のような顔で訊いた。

「いや……」

不破は仕方なく応えた。緑川は吐息を一つついて「まあな、おぬしはあの女房に心底惚れているから無理もない」と皮肉な口調で言った。

「平八郎に、おれの気持ちはわからぬ」

不破は吐き捨てる。

「気持ちがわからぬと来たか……ならば、おれの気持ちもおぬしにはわからぬと返そう。せっかく惚れて迎えた女房を追い出す羽目になっては気の毒にと、おれは思っていたものよ……出かける。ご免」

緑川はすっと立ち上がって部屋を出て行った。何も言わなくても緑川は、それとなく自分達夫婦のことを心配していたようだ。気持ちはわからぬなどと、突き放した言い方をしたことを不破は少し後悔していた。

三

伊三次は茅場町の塒《ねぐら》を出ると深川の丁場（得意先）を廻るため永代橋を渡っていた。その日は吹く風に何やらむしむしと湿気を帯びた暑さが加わっている。もうすぐ油照りの夏が来ると思った。

永代橋は通り過ぎる人の数も多い。人通りを当てにして橋の中央では煙管《きせる》の羅宇《らう》をすげ替える羅宇屋がしゃがんでいた。その横には虚無僧が尺八を吹きながら布施を求めている。

伊三次は川下の景色を眺めながら、さして急ぐでもなく歩みを進めた。遠く水平線の辺りに白い帆を孕《はら》ませた船が見える。空と海が同じ薄い青に溶け合い、一幅の風景画のようだった。

「伊三次」

いきなり自分の名を呼ばれ、伊三次は思わず後ろを振り返った。しかし、見覚えのある顔はいない。空耳かと前に足を進めた時、再び自分の名を聞いた。羅宇屋の隣りに立っていた虚無僧が伊三次を呼んでいた。

「どちらさんで？」

伊三次は怪訝な眼を虚無僧に向けた。

「おれだ」

天蓋を取って顔を見せたのは緑川平八郎だった。一瞬、緑川から受けたきつい仕置のことが脳裏をよぎった。

「こいつァ、とんだところで。お務めご苦労様にござんす」

伊三次は自分の気持ちはけぶりも見せず緑川に頭を下げた。緑川は辺りにすばやく眼をやった。

「深川に行くのか？」

緑川は伊三次の手にしている台箱を見て訊いた。

「へい」

「お前に少し話がある。時間はあるか？」

伊三次の都合を訊いてはいるが、その口調には有無を言わせぬものが感じられた。嫌やとは言えなかった。伊三次は仕方なく肯《うなず》いた。

「こんな恰好で連れ立って歩いては人目に立つ。お前、摩利支天《まりしてん》横丁を知っているな？」

「へい」

摩利支天横丁はお文の家の近所にある通りである。

「そこに喜久壽《きくじゅ》という芸者の家がある。二階屋の家だ。今時分は三味の稽古をしているからすぐにわかる。そこに先に行って待っていろ」

「旦那の名前を出していいんですかい？」

「ああ」

伊三次は腑に落ちない気持ちではあったが緑川に言われた通り、永代橋を渡ると摩利支天横丁に足を向けた。

摩利支天横丁は黒船稲荷《いなり》の斜向《はす》かいにある通りである。かつてそこに摩利支天を祀《まつ》っていたお堂があったらしい。今はそれも別の場所に移され、通りの名前だけが残った。

下谷にも摩利支天横丁があるところから、あるいはそちらに移されたのかも知れない。何んでも武家の守り神ということで、昔は周辺の武家屋敷の家臣などに信心されていたという。

伊三次はそんな話をお文の家の近くに住む医者から聞いていた。

喜久壽はお文の口から頻繁に洩れる芸者の名前である。親しく口を利いたことはないが、お座敷に出かける喜久壽を何度か見かけたことがある。お文と違っておとなしそうな女だった。深川の芸者にしては雰囲気が違う。三味線の名手であるそうだ。三味線だけはどうしても喜久壽に叶わないと、お文は言った。

喜久壽の家はすぐにわかった。緑川の言った通り、三味の音色が聞こえた。日除けの簾《すだれ》越しに声を掛けると、おみつと年頃の似た女中が出て来た。少し受け口の娘である。伊三次が緑川と待ち合わせをしていると言うと茶の間に上げてくれた。

「すみません。姉さんはお稽古が終わってから下りて来ますので」

女中は冷えた麦湯を伊三次に差し出すとそう言った。喜久壽と緑川の繋がりがよくわからない。岡っ引きの増蔵の話では、本所のやっちゃ場の元締が喜久壽の旦那であるという。緑川は見廻りの途中で喜久壽と知り合ったのだろうか。伊三次は頭の中で二人のことをあれこれと考えていた。

喜久壽の家はお文の所と間取りがよく似ていた。ただし庭は狭く、囲った黒板塀がすぐ目の前にある。あやめが蕾《つぼみ》をつけて今しも咲きそうな気配を見せていた。

伊三次が麦湯を半分ほど飲んだところに緑川が現れた。上がり框《がまち》に天蓋と布施箱を置くと尺八だけは持って茶の間に上がって来た。

「今日は少し暑くなりそうだな」

緑川は狭い庭に視線を走らせてから伊三次の前に腰を下ろした。二階にいる喜久壽は結構な声を張り上げている。女中は緑川の前にも麦湯を出すと、すぐに台所に引っ込んだ。

おみつと違い、こちらは人見知りする質なのだろう。

「その後、友之進とは会っていないのか?」

黙ったままの伊三次に緑川が訊いた。

「へい」

「小者は、すっぱりやめたのか?」

伊三次は緑川の問い掛けに黙って肯いた。

「おれのせいだな?」

「違いやす。旦那には関係のねェことです」

伊三次は顔を上げて言った。

「友之進がおれにお前の調べを任せたことに理由があるのだろう。おれは、たとえ手下であろうと取り調べとなったら決して信用しない。友之進とはそこが違う」

「……」

「例の小間物屋の隠居殺しの時もそうだ。お前がどういう男か知らない訳ではない。できればお前の話を信じたい……だが、情を絡めての調べは所詮、真実を見誤る。そのやり方でおれも何度か失敗している。お前じゃなかったなら、では誰が下手人かと考えた。すると、当時は目星のついた者が他に挙がっていなかった。お前を締め上げるしかないと思ったのだ」

「旦那、済んだことです。その話はよしに致しやしょう。今更言い訳を聞いても仕方がありやせん」

「……うむ、確かに言い訳だった。あいすまぬ」

緑川は素直に頭を下げた。伊三次はそのことに大層驚いた。小者など虫けらほどにしか考えていない男だと思っていたからだ。

「友之進はお前が元の鞘に収まらないと察しているようだ。半ば自棄《やけ》になって、おれが代わりに小者に取り立てたらいいなどとほざいておった。その話はどうだ？」

「旦那、勘弁して下せェ」

「そうだろうな。いや、お前ならそう言うと思った。だが、おれは心底、お前の腕が惜しい。髪結いの腕よりもな」

緑川はそう言ってふっと笑った。それからやや真顔になって「友之進の女房の仇討ちを止めたのは何か理由があってのことか？」と訊いた。伊三次は何んと応えていいかわからず首を落として俯き、返事を渋った。

「なぜだ？」

緑川は執拗に訊く。

「それも旦那に関係のねェことです。勘弁して下せェ」

「おれはお前があの女房の仇討ちを止めた理由に拘《こだわ》る。そいつはもしかして、友之進のためではなかったのか？　事が公になれば奴にも累《るい》が及ぶだろうし」

「………」

「あの女房は虫が好かぬ。父親が生きていた頃はおれ達に鼻も引っ掛けぬという態度だった。家を潰され、遊女屋に身を落としたと聞いた時は、内心でいい気味だと思っていた。ところが友之進の馬鹿が家の家財道具を売り払ってまで身請けの金を拵えた。あの女がおとなしく同心の女房に収まっていられるものかと思っていたら、案の定だった」

「不破の旦那は奥様のことをご存じなんで？」

「うむ。女房が喋ったそうだ」

「奥様が自分から？」

「ああ。伊三次、心配するな。そっちの方はうまく元の鞘に収まっておる」

緑川の言葉に伊三次は内心、ほっとする思いだった。

三味の音が静まると梯子段を下りる足音が聞こえ、棒縞《ぼうじま》の単衣《ひとえ》を裾短く着付け、更紗《さらさ》の前垂れを締めた喜久壽が茶の間に顔を見せた。

「お越しなさいませ」

喜久壽は丁寧に三つ指を突いて二人に頭を下げた。緑川は「おう」と気軽な調子で顎をしゃくった。それは伊三次の目から少し、はしゃいでいるような感じに思えた。

喜久壽は色白の下膨れした顔の女だった。

芸者と知らされていなければ町家のお内儀《かみ》とも見える。しかし、間近で眺めると眼がいい。大きななつめ型の眼は引き込まれそうに澄《す》んでいる。まつ毛も長い。出《で》の衣裳を纏《まと》った喜久壽にこんな眼で見つめられたら、男はひとたまりもないだろう。

「お久《ひさ》、この男を知っているか？」

緑川は相変わらず気軽な様子で喜久壽に訊いた。お久というのが喜久壽の本名らしい。

「存じておりますとも。文吉さんのいい人でござんすね。まあ、何んていい男振りなんでしょう。文吉さんが離れない訳ですよ」

喜久壽の大袈裟な褒め言葉に伊三次は身の置き所もない。頬を染めて「とんでもねェ、しがねェ廻り髪結いですよ」と慌てて応えた。

「おれの男振りはこいつに落ちるのか？」

驚いたことに緑川が拗《す》ねた口調になっている。喜久壽は伊三次の顔にすばやく視線を走らせてから「まあまあ、何をおっしゃることやら」と取り繕うように笑った。

「旦那は喜久壽姐さんと前々からのお知り合いだったんで？」

伊三次はいらぬことだと思いながら恐る恐る訊いた。緑川の瞼の下はなぜか皮膚の色が青みを帯びている。それが彼の表情を険しく見せていた。

「この恰好をするようになってから尺八を覚えたくなってな、ちょうどお久とは子供の頃からの顔見知りだったから指南を頼んだのだ」

「顔見知りだなんて……伊三次さん、あたしの父親は旦那のお屋敷で奉公していたんですよ」

「さいですか」

あっさりと応えた伊三次に緑川は「何を考えた？」と、すぐさま訊いた。

「いえ、別に……」

「おれとこいつのことか？」

「いえ、とんでもねェ」

伊三次は慌ててかぶりを振った。だが、緑川は朗らかな笑い声を立てると「いいか、おれは昔、こいつと一緒になりたかったんだ」と臆面もなく言った。喜久壽が緑川の袖を牽制するように引いた。そんな緑川は伊三次が初めて見るものだった。

「旦那、およしなさいましな。文吉さんに知られちまいますよ。そうしたらあの人のことだ、鬼の首でも取ったようにお座敷でからかうでしょうよ」

「やけに文吉に気を遣う。伊三次、こいつは文吉にお座敷をさらわれると癇癪《かんしゃく》を起こすんだぜ」

　緑川は悪戯っぽい表情で言った。

「また旦那、余計なことを」

　喜久壽はどうしてよいかわからないという顔になっている。

「喜久壽姐さん、それはお文も同じですよ。姐さんの三味はどうしてあんないい音が出せるんだろうと、毎度ぼやいておりやす。叶わねェって」

　伊三次は喜久壽を持ち上げるように言った。

「まあ……」

「さすが深川で一、二を争う芸者だ。言うことまで並じゃねェ」

　緑川は愉快そうに笑った。

「ところでな……」

　緑川は喜久壽が茶のお代わりを出すために台所に入ると急に真顔になって伊三次に向き直った。

「今、市中では娘がいなくなる事件が持ち上がっている。こいつはどうも厄介な様子に思える。手を貸さぬか？」

「……旦那、勘弁して下せェ」

「どうしても駄目か？」

「申し訳ありやせん。髪結いの分際で生意気を申しますが、わたしにも意地ってもんがありやす。不破の旦那とはこれっきりだと覚悟を決めて派手な啖呵《たんか》を切りやした。今更それを引っ繰り返すことはできやせん」

「友之進がお前に頭を下げたとしたらどうだ？」

緑川は畳み掛けた。

「ご冗談を。不破の旦那はお武家です。わたしのような素町人に頭を下げるなんざ、万に一つもあることじゃござんせんよ」

伊三次がそう言うと、緑川はふうっと吐息をついた。

「お前の気持ちはよっくわかった。だが、何か気になることがあったら門前仲町の増蔵にでも知らせろ」

「へい」

「手間を取らせた」

「へい。お役に立ちませんで。これでご無礼致しやす」

伊三次は緑川に頭を下げて土間口に向かった。

「あら、もうお帰りですか？」

喜久壽が盆を持ったまま伊三次に訊いた。

「へい。お邪魔致しやした」

「今夜、文吉さんとお座敷が一緒なんですよ」

「さいですか。お文には飲み過ぎねェように時々小言を言って下せェ」

「はいはい。でも……そういうことは、あなたがおっしゃった方がよろしいのじゃないですか？」

「とんでもねェ。わたしの言うことを素直に聞くような女じゃありやせんよ」

喜久壽の眼は伊三次の言葉にふっと細められていた。

四

梅雨が明けると、いきなり江戸は夏になる。

花火を上げての川開き、小暑も大暑も土用の日も、すべて一緒くたに纏められて夏になる。大川の涼み舟の風景、夏祭りの賑わいも暑さを忘れるための一時凌《しの》ぎでしかない。

江戸府内は、それでもまだよかった。川向こうの深川は湿気混じりの暑さがさらに堪え難い。舟で深川に繰り出す客も舳先《へさき》をつい吉原に向けることになるのだろうか。お文に吉原の引手《ひきて》茶屋《ぢやや》からお呼びが掛かることが、その夏は何度かあった。贔屓《ひいき》の客が迎えを寄こすのだ。

その日も結構な暑さだった。お文は汗止めの粉を腋《わき》の下にはたき、できるだけ水物を控えて吉原に出かけた。夏物といえども出の衣裳に身を包むと、ぼうっと、めまいがするほどである。仕事柄、顔に汗はかかないが、立ち上がった拍子に胸のあわいから汗の雫が滴り落ちる感触があった。

お文の連れは芸妓屋の二人の芸者と二人の下地《したじ》っ子《こ》（芸者の見習い）、それにおみつである。下地っ子とおみつには三味線の包みを持たせた。吉原までお文の伴をして、帰りは他の下地っ子と一緒に深川に戻ることになっていた。帰りの荷物は引手茶屋の消《け》し炭《ずみ》（茶屋の若い者）にでも運ばせるつもりだった。夏の陽は長いので、夕方に吉原に向かい、それから戻ったとしても日没までは充分な時間がある。

大門前まで来るとお文は「寄り道しないでお帰りよ。戸締まりをきちんとするんだよ」と、いつものようにおみつに注意を与えた。

お文達は四郎兵衛会所で切手（通行証）を受け取り、戻る時にはそれを返して大門から出る。吉原は遊女達の逃亡を防ぐため、そのような手続きをしていた。

おみつは二人の下地っ子と一緒に大門前で踵《きびす》を返したが、下地っ子達は途中、茶店で白玉を食べて行かないかとおみつを誘った。おみつは寄り道がばれるとお文に叱られるので、その誘いを断った。下地っ子達は一人で戻って行くおみつの後ろ姿を見て、少し悪いような気がしたという。しかし、おみつはそのまま深川には戻らなかった。翌日も翌々日も。

弥八が塒の油障子を叩いた時、伊三次はまだ蒲団の中にいた。下帯一つの裸で蚊帳《かや》から出ると、まだ眠気の残っている顔でしんばり棒を外した。明六つの鐘が鳴ってから、さほど時間は経っていない。

「兄ィ、おみつがいなくなった！」

朝から大汗をかいた弥八が泣きそうな声で言った。

「なに？」

「姉さんが自身番に来ておりやす。すぐ来て下せェ」

伊三次はものも言わず単衣《ひとえ》を身につけ、へこ帯を締めるのももどかしく外に飛び出した。

「いつからおみつはいねェのよ」

小走りに先を急ぎながら伊三次は弥八に訊いた。陽射しは朝だというのにかッっと照りつけている。海賊橋の下の水も糊《のり》でも溶かしたようにどろりとして見える。

「一昨昨日《さきおととい》の夕方からです。姉さんを吉原に送ったことまではわかっていますが、その後の行方が知れやせん」

「……」

伊三次はそれでもまだ、おみつが例のかどわかしに遭ったのだとは考えていなかった。

お文は眼を赤くして京橋近くの自身番の座敷に座っていた。傍には門前仲町の増蔵と松の湯の留蔵がつき添うように座っていた。

増蔵は入って行った伊三次に軽く顎をしゃくり「こっちに来た方がお前ェもいることだし、話が早ェと思ってよ」と言った。

伊三次は増蔵にろくな返事もせず、お文を見て「佐賀町にも戻っていねェのか？」と訊いた。お文は口許を袖で覆ったまま肯いた。

「一人で帰れなんて言わなかった。子供屋の下地っ子が茶店に寄るというなら一緒に行ってもよかったんだ。何んでも彼《か》でもわっちの言うことをまともに聞くことはなかったのに……それじゃ、おみつを連れて行かなきゃよかった。わっちは三人で戻るからと安心していたのに……わっちのせいだ」

お文はそう言って咽《むせ》んだ。伊三次はお文の話を聞いて、ようやく緑川の話を思い出していた。

「増さん、おみつは噂になっている、かどわかしの事件に巻き込まれたのか？」

伊三次は増蔵に訊いた。増蔵は眉間に一瞬、皺《しわ》を寄せて「そいつァ、まだはっきりしたことは言えねェが、場所が吉原と聞いてちょいと心配している。例の事件は下谷の娘達が多いからよ。吉原と下谷は目と鼻の先だ」と低い声で応えた。

「弥八、お前ェは緑川の旦那に知らせたのか？」

伊三次は弥八を振り返って訊いた。

「いえ。不破の旦那には知らせやした、兄ィの所に行く前に。旦那は奉行所で申し送りを済ませたら、こっちに来るとおっしゃっておりやした。多分、緑川の旦那もその時に一緒に」

不破の名前を出したために、弥八は幾分、気後れした表情になった。上目遣いで伊三次の顔を見ている。

「他人事だと思っていたら知り合いに事件が持ち上がるとはな。何んてこった」

留蔵は溜め息混じりに言った。

「親父、親父もおみつが例の事件に遭ったと思っているのか？」

弥八が切羽詰まった声で訊く。

「今のところ、それしか考えられねェ」

留蔵の言葉に弥八は柱に身体をもたせ掛けて深い吐息を洩らした。重苦しいものが自身番の中に漂っていた。外の陽射しは、お構いなしに強く降り注いでいる。曇り空なら、まだしも気分は落ち着くのにと伊三次は思った。

およそ半刻後、不破と緑川がようやく自身番に現れた。夏物といえども彼等の恰好も暑苦しい。不破は扇子を忙しげに動かして襟許に風を送っていた。緑川は変装ではなく、当たり前の同心の恰好だった。しかし、さほど暑いような表情もしていない。伊三次は座敷の後ろに少し下がった。小者を退いているという遠慮がそうさせた。

「おみつかどうかはわからぬが、女中らしい娘が二人の侍と一緒に大名の屋敷に入って行ったのを見た者がいる。別に不審な様子もなかったので、そのまま見過ごしたようだが」

不破は渋い表情で言った。自身番にいた者の視線が一斉に不破に注がれた。

「おみつが嫌やがりもせず、のこのこついて行ったと言うんですか」

お文が癇《かん》を立てた声を上げた。

「だから、それがおみつかどうかはわからぬ。落ち着け、文吉」

不破は苛々してお文を制した。

「連れ去ったのは侍ということですかい？」

伊三次は不破ではなく緑川を向いて訊いた。

「うむ。おれが目星をつけていた大名屋敷の者らしい」

「そいじゃ、奉行所のお役人が幾ら躍起になったところで詮《せん》のねェ話じゃございんせんか」

大名屋敷の中に町奉行所は踏み込むことが出来ない。伊三次はそれにすぐさま気づいた。

「おみつはどうなるんです？」

伊三次はぐいっと緑川を睨んで訊いた。

「片岡様もようやく腰を上げられた。お奉行を通じて即刻、大目付様の方に連絡が行くだろう。それまで待つしかない」

不破が低い声で緑川の代わりに応えた。

「ま、間に合わねェ。おみつは助平な殿様の慰みものになって殺されているかも知れねェ」

弥八が悲痛な声を上げた。嫌やだ、嫌やだとお文が泣いた。

「拙者はこれから下谷に廻り、もう少し聞き込みを致すゆえ、これにてご免」

緑川は微塵も表情を変えることなく自身番を出て行った。

「やり切れねェ話だ」

緑川が出て行くと不破は独り言のように呟いた。

「おいらも下谷へ行って来やす」

弥八はじっとしていられない様子で留蔵に言った。

「弥八、縄張《しま》違ェだ。ここにいろ」

留蔵がそう言った。

「嫌やだ。ここにいても始まらねェ。それよりは下谷にいた方がましだ」

「弥八、留さんの言う通りだ。後のことは緑川の旦那に任せるこった」

伊三次も言い添えた。

「だけど、おみつが可哀想だ」

弥八がそう言うと留蔵は「おみつのことは諦めろ」と低い声でいなした。留蔵の言葉にお文がきッと顔を上げ、留蔵に向き直った。

「留蔵さん、諦めろとはどういう意味でござんすか?」

「お文さん、おれは別に……」

「別に何んですか?」

お文は切り口上で留蔵に言った。

「やめろ!」

伊三次はお文に声を荒らげた。

「おみつは他の娘達と一緒にいるような気がする。文吉、心配するな。青物屋のお杉という娘も同じ頃に姿を消しているんだ」

増蔵は慰めるようにお文に言った。

「伊三、文吉を蛤町に送って行け。その後で弥八と一緒に下谷に廻れ」

不破は至極当然のように伊三次に命令した。

黙っている伊三次に不破の大音声《だいおんじょう》が響いた。

「手前ェ、事が事だろうが。意地を張る場合か！」

伊三次はつかの間、瞳を閉じた。何んだか久しぶりにその声を聞いたと思った。以前なら、むかっ腹が立ったその声が今はひどく嬉しく感じられる。それが伊三次には不思議だった。

「へい、言う通りに致しやす」

伊三次は俯いて応えた。増蔵から安堵の吐息が聞こえた。

「そうか……弥八はおみつに惚れていたのか。そいつァ、知らなかったな。留、お前ェ、どうするつもりだ？」

不破はようやく白い歯を見せて留蔵に訊いた。

「どうするとおっしゃられても……そのう、弥八が是非《ぜっぴ》でおみつと一緒になりてェと言うなら祝言を挙げさせても構いやせんが」

留蔵はおずおずと応えた。

「留蔵さん、勝手なことは言わないで下《くだ》っし。おみつの言い分もあるんですよ」

お文はさっきの留蔵の言葉がよほど癪《しゃく》に障っている様子で嚙みつくように言った。

「よせ、お文。今はそれどころじゃねェ。さ、帰るんだ。旦那のお務めの邪魔になる」

伊三次が言うと、ようやくお文は腰を上げた。不破に深々と頭を下げて「旦那、おみつのこと、くれぐれもよろしくお頼み申します」と言った。増蔵もそれを潮に立ち上がった。

「親父、おれは下谷でおみつが出て来るまで待つからな。それまで京橋には戻らねェからな。いいだろう、親父？」

弥八は留蔵にそう言った。留蔵は力のない声で「ああ」と肯いた。お文はもう一度、不破に頭を下げたが、留蔵の方は見向きもしなかった。

五

それから三日間。本当に弥八は下谷のその藩邸の前でおみつが出て来るのを待っていた。

炎天下、弥八の身体から噴き出す汗は白っぽい粉のようになって顔に腕にこびりついた。夜は夜で藪蚊が容赦なく弥八の肌を刺した。

伊三次が握り飯やら竹筒に入れた水を運んで「なあ、ちっと蛤町で休まねェか。お前ェ、ろくに寝ていねェだろうが」と勧めても弥八は首を振った。弥八の気持ちが、いよいよ本気だと知って伊三次は切なかった。

日に何度か屋敷の周りを「おみつ、おみつよう、いたら返事をしてくんな」と声を張り上げて歩いた。緑川と不破はそんな弥八を、溜め息をついて眺めているだけだった。

その藩に大目付介入の話が持ち上がった頃、娘達はひそかに親元に戻された。しかし、弥八はその場に出くわすことはできなかった。

娘達は藩邸から、一旦、向島の別荘に移され、そこで美麗な着物を与えられ、各々、迷惑料のつもりなのか十両を与えられて解放された。藩では短期の女中奉公であったという体裁を取った。迎えに来た親達には形式的に詫びの言葉があっただけである。

娘達も藩邸内のことは頑《かたく》なに口を噤《つぐ》んだ。伊三次だけでなく町奉行所の役人にとっても、それは腑に落ちない事件であった。

藩から藩主の致仕《ちし》（隠居）の届けが幕府に出されたのは、それから間もなくのことである。致仕の理由は藩主の乱心ということだった。

おみつは蛤町ではなく、佐賀町の実家に戻った。お文が訪ねて行っても、おみつは会おうとしなかった。

お文はしばらくして、伊三次と一緒に門前仲町の増蔵を訪ねた。今後のことを相談するつもりがあった。おみつは増蔵の世話でお文の家の女中に雇われた経緯もあったからだ。

「全く狐につままれたような話だ」

増蔵は戸を開け放した自身番の座敷に二人を上げ、冷えた麦湯を勧めてから口を開いた。

子分の正吉も書役《かきやく》の男も出かけていて、自身番には増蔵が一人でいた。

「仔細を訊ねようにも、わっちと会おうとしないんですよ。以前は何んでも話してくれたのに」

お文は力のない声で言った。

「娘達はけろりとしていて、恐ろしがっていたふうもねェ。中には、いつまでもあの屋敷で暮したかったっていう娘もいたほどだ。近頃の娘っ子の気持ちは皆目見当もつかねェ」

増蔵は煙管に刻みを詰めながら言った。

「おみつも、おみつもそう思っているんですか?」

お文が気色ばんだ。

「おみつはだんまりを決め込んでいる。取りつく島もねェと、おとせさんが言っていた。それによ……」

増蔵は煙管の煙をふわりと吐き出して「面と向かって聞けることでもねェだろ？　殿様にやられたのかって……まさかな」と言った。

「やめて！」とお文が悲鳴を上げた。

「増さん、弥八のこと、どうしたらいいと思う？　おみつに対しては本気みてェだし、だからって早く一緒になれと祝言を急《せ》かすのもおかしなものだ」

伊三次は上目遣いで増蔵を見ながら訊く。

「そうだよなあ」

増蔵は途方に暮れたような表情で灰落しに煙管の雁首を打ちつけた。

「弥八のことなんざ、どうでもいい。わっちはおみつのことばかりが心配だ。増蔵さん、どうしたらいい？」

お文は縋るような眼になっていた。

「どうしたら、どうしたらってか……近所の人の話じゃ、おとせさんはおみつを遠くに嫁に出すつもりでいるらしい。ここじゃ何かと世間の口がうるせェからよ。父親の親戚の男で女房を亡くして三人の子供の世話に往生している男だそうだ。年は……これがおれと同い年でよ」

「あんまりだ」

お文が泣き声の混じった声で言った。

「おみつが何をしたって言うんだ。おみつはほんの十六だ。何が悲しくてそんな子持ちの男の嫁にならなきゃいけない。それじゃ子守りに行くようなものだ」

「だが、文吉。親の決めたことに傍《はた》がとやかく言える筋合《すじあい》でもねェだろ？」

増蔵はお文を諭すように言った。しかし、それが逆にお文の頭に血を昇らせてしまった。「わっちがおみつを芸者に仕込む。子守りよりましだ」と甲走った声で叫んだ。

「何言ってる。お文、落ち着け！」

伊三次が慌ててお文を制した。

「とりあえず、もう少し様子を見た方がいい。あんまり騒ぐと、おみつも辛ェだろうし……」

増蔵がそう言うと、お文は堪まらず腰を折って泣いた。嫌やだ、嫌やだと泣きながらお文は首を振った。伊三次と増蔵は顔を見合わせて溜め息をつくしかなかった。

六

おみつが何も喋らず口を閉ざしているなら、弥八もまた極端に口数が少なくなった。伊三次が松の湯を訪れても、以前なら元気よく「兄ィ」と声を掛けるのに、この頃はこちらから肩でも叩かなければ気がつかないという態《てい》である。弥八はおみつが無事に戻って来て、ほっとしたのもつかの間、口さがない世間の噂に苦しめられていた。特に寝起きを共にしている三助の富次や利助に「皆んな、殿様といいことして帰って来たのよ」と言われた時には摑み合いの喧嘩をしている。自分の一番身近にいる人間にさえ、そう思われていることが弥八には衝撃だったようだ。

「どうしたらいいものか」

留蔵は伊三次に溜め息混じりに言った。本当にその先のうまい解決方法が伊三次にもわからなかった。

仕事の合間、京橋の欄干に凭《もた》れてぼんやり水の面を眺める弥八の姿を伊三次はそれから何度か見ることになった。

夏の盛りが峠を越したように思える頃、弥八はひょいと伊三次の塒を訪ねて来た。日中はまだまだ暑さがこたえるが、朝夕は涼しい風を感じるようになった。寝やすいので、いつまでも眠り続けてしまいそうになる。その割に起き上がっても身体中にだるさが感じられてならない。夏の疲れが出ているのだろうかと伊三次はぼんやり思っていた。

弥八はそんな伊三次に対し、やけに元気がよかった。

「兄ィ、今日はどちらに仕事で？」

弥八は上がり框《がまち》に腰を下ろして、のろのろと台箱に商売道具の元結の束やら鬢付油《びんつけあぶら》を入れている伊三次に訊いた。

「そうさなあ……かったるくってよ。今日はやり過ごそうかとも思っていたところよ」

「不破の旦那の御用がなくなって、兄ィも少しなまくらになったんじゃねェですか？」

「手前ェ、張っ倒すぞ」

口調はそうでも伊三次の眼は笑っている。

久しぶりにいつもの弥八の顔を見て、ほっとするような気持ちだった。

「兄ィ、おみつの所に連れて行って下せェ」

弥八は伊三次から視線を逸《そ》らし、俯いて言った。

「行ってどうする」

「わかってもわからなくても、おいらの気持ちをおみつに聞いて貰いてェんで……」

「………」

伊三次は台箱の引き出しを閉じると弥八に向き直った。外から青竹売りの間延びした声が聞こえている。小鳥の囀《さえず》りもかまびすしい。

障子を透かして朝の光が赤茶けた畳に斜めに注いでいる。丸い光の筒の中で埃がくるくると舞っていた。

「お前ェはこの先、どうしたい？」

「おいらは……おいらはできればおみつと一緒になりてェ……」

「おみつの親は親戚の男の所に嫁に出すつもりでいるようだ」

「お、おみつはそれを承知したんですかい？」

「承知も不承知もねェだろう。親の言うことなら従うんじゃねェのか？」

「兄ィ、連れて行って下せェ。お願いします」

弥八は立ち上がって頭を下げた。


おみつの家にはお文も一緒に行くことにした。おみつがいないためにお文の家は掃除が行き届かない。伊三次がお文の髪を結う間、弥八は竹箒を取り出して庭と家の前を掃除してくれた。

門前仲町の蕎麦屋で昼飯に蕎麦を食べたが、弥八は緊張しているのか、さほど食が進まなかった。

おみつの家は佐賀町で小さな履物屋をしている。三人が訪れるとおとせは内所に促した。

弥八だけは遠慮して、店にいるおみつの父親の傍にいた。おみつの父親の弥五《やご》は口の利けない男だった。弥八はさっそく、手振りを混ぜて新しい雪駄の注文をしている様子である。

「父っつぁんの名前ェはおいらと似ていやすね」などと、見え透いた愛想も聞こえた。伊三次は鼻緒をやはり紅のものにしてくれと言うのだろうかと、つまらないことを考えた。

おとせは鳶職の貞吉が道で会っても挨拶もしないとお文に愚痴を洩らした。それは宝来屋の金蔵も同じで、お文が宝来屋のお座敷で呼ばれてもわざと視線を避けている。

「何んでも貞吉さんは親方の親戚の娘さんと秋に祝言を挙げるそうですよ。おみつにあんなことがあったもんだから大慌てで決めちまったんですよ。いいですけどね」

おとせは開き直っているのか、ぷりぷりした口調である。

「それで、おみつをよそに嫁に出すというのは本当なんでしょうか」

お文は恐る恐る訊いた。

「ええ。うちの人の親戚筋に当たる人で小梅村で百姓をしているんですよ。ちゃんとね、畑もあって食べるのには不自由させないそうですって。人手も足らないし、おみつが来てくれるなら大助かりだと言ってくれたんですよ。小梅村なら悪い噂も届かないだろうし……」

「でも、おみつとはずい分、年が離れたお人だそうですね」

「だってお文さん、それは仕方がないじゃござんせんか」

そう応えたおとせに、お文は店にいる弥八に顔を向けて言った。

「あの子……京橋で湯屋をしている留蔵さんの養子に入った子なんですよ。弥八って言うんですが、前々からおみつにぞっこんなんですよ」

おとせの眉がその拍子にきゅっと持ち上がった。

「まだ子供じゃないですか」

「ええ。でも十八ですから、おみつより年上になりますよ」

「何んだか頼りないですねえ」

「おとせさん、考えちゃくれませんか。京橋ならほんの川向こうだし、小梅村より近いですから、おみつの顔もちょいちょい見られますし」

「でも、おみつが何んと言うか……」

「だから、こうして話をしに来たんですよ」

おとせはあまり乗り気ではない表情だった。

無理もない。当たり前の親なら弥八の妙ちきりんな恰好を見ただけで断ってしまうだろう。その日の弥八は金魚の柄の浴衣を尻端折《しりっぱしょ》りしていた。帯も臙脂《えんじ》の色が入っている。帯に挟んだ紙入れから般若の根付《ねつ》けの紐が長く垂れ下がっていた。

黙ったおとせに業を煮やし「ちょいと上にお邪魔させて貰いますよ」と、お文は何か決心したように勝手に梯子段を上って行った。

後に残された伊三次は手持ち無沙汰に茶の入った湯呑を忙しく口に運んだ。

「伊三次さん、あの子はおみつのこと知っているんですか？」

おとせは怪訝な顔で伊三次に訊いた。

「へい」

「何も彼《か》も承知で？」

「へい」

「……」

おとせはそれ以上、何も言わなかった。

小半刻ほどしてお文は下りて来た。そのまま、店先にいる弥八を手招きした。弥八は店の前を通り掛かった物売りから、まくわ瓜を買ったところだった。両腕にそれを抱えてお文の傍にやって来た。

「上にお上がり。おみつがお前と会うとさ」

お文はわざとぶっきらぼうに言った。弥八の顔にさっと朱が差した。履物を外して座敷に上がると、おとせの前にまくわ瓜を置いた。

「お内儀さん、おみつにまくわ瓜を喰わしてやっていいですかい？」

「え？　はいはい……」

おとせは目の前の弥八に呆気《あっけ》に取られたような顔で上から下まで眺めていた。

「そいじゃ、包丁貸して下せェ」

おとせは慌てて台所から菜切り包丁を持って来て弥八に渡した。弥八はそれを受け取ると、まくわ瓜の一つを取り上げた。

「残りは皆んなで喰って下せェ」

「あらまあ、ご馳走様です」

おとせはそう応えながら梯子段を上がって行く弥八をまだ怪訝そうに見ている。

「あんな子で大丈夫なんでしょうかねえ」

溜め息混じりに呟いた。

「大丈夫です。根はしっかりしておりやすから」

伊三次はその時だけ、はっきりと応えた。

お文が笑顔を見せた。

「おとせさん、子供さんにでも食べさせて下さいな」

お文がそう言うと「まあ、そうですか。井戸に冷やして置きましょうかね。ああ、ついでにちょいと買物をして来ますから、ごゆっくりしていて下さいましな」と、おとせは台所の傍にある戸口から表に出て行った。

「おみつ、あんまり喋らなかったけど、何んとなく合点がいったような気もするよ」

お文は低い声で伊三次に囁《ささや》いた。

「何んだ？」

「下谷のお殿様っていうのが目の覚めるようないい男だったらしい」

「………」

「そりゃあ、最初は怖かっただろうが、その後が上げ膳、据え膳さ。かどわかされた娘達は女中もいたし、家の手伝いを朝から晩までさせられて、ろくに遊ぶ暇もない者ばかりだった。きれいな着物を着せられて朝からお手玉したり双六して遊んでいたんじゃ、帰りたくないという娘がいたのも道理さね」

「おみつもそう思っていたのか？」

「それはわからない。だけどお殿様には同情しているような口ぶりだった」

「訳がわからねェ……」

伊三次は月代《さかやき》をぽりぽり掻いて首を傾げた。

「わっちだってわからないよ。後は……弥八次第さ」

「あまり長居はできねェな。お前ェのお座敷もあるだろうし」

「今夜は休みだ」

「………」

「泊まって行くだろ？」

伊三次はそう訊いたお文に、すぐには応えず、二階に通じる梯子段をそっと見ていた。

七

　おみつの部屋は屋根の傾斜がまともにわかる天井裏にあった。西陽がむっとするほど暑い。窓の戸を開け放し、簾《すだれ》を下ろしているが、さほど役に立っているとも思えない。

　おみつは柱に凭れてぼんやり座っていた。

「兄さんも一緒に来たの？」

　おみつは弥八の姿を見て最初にそう訊いた。

「ああ。後で顔を見せるといい」

「兄さん、何んて？」

　伊三次がこの度のことを何んと言っているのか、おみつは知りたがっているようだ。

「何んにも。だけどお前ェのことはずい分、心配していた」

「そう……」

「甘そうだぜ。喰うかい？」

　弥八はまくわ瓜を取り出して言った。おみつは、ううんとかぶりを振った。

「いいから。おいら、まくわ瓜の目利《めき》きなんだ。きっとこいつはうまいはずだ。どれ。

おいらが剝《む》いてやろう」

弥八は器用な手つきでまくわ瓜を剝き始めた。おみつは弥八の手許を見て「弥八さん、あんた、ぎっちょ腕《かいな》なのね」と言った。弥八は左利きである。

「ああ。だが、飯を喰う時と字ィ書く時は右だ」

「字が書けるの?」

「手習い所じゃ、いっとう、うまかった」

「うそ」

おみつはそこで少し笑った。弥八はまくわ瓜を四つ割にし、少し迷ってさらに、その半分に切った。まくわ瓜の汁が板の間に滴った。それを気にした様子の弥八に「後で拭くから」と、おみつは言った。

「どうだ、甘いか?」

切れ端の一つをおみつの口に入れてやると弥八が訊いた。おみつはこくりと肯く。

「聞こえていたわ」

おみつは低い声で言った。

「何がよ」

弥八の手が止まり、おみつの顔を覗き込む。

その距離が存外に近かったので、おみつはどぎまぎして俯いた。

「弥八さんの声よ」

おみつは俯いたまま応えた。下谷の大名屋敷の周りをおみつの名を呼びながら歩き回っていたことだ。藩の中間に何度も追い払われたが弥八はやめようとはしなかった。

「そうか……聞こえていたか」

「最初は空耳だと思っていたけど、夜になるとよく聞こえた。おみつ、おみつようって。あたし、あんなに悲しそうに自分の名を呼ばれたことはないわ」

「……」

「一緒にいたお殿様の家来がね、最初、どこに住んでいるのかと言葉を掛けたの。深川の蛤町だと言うと、青物屋のお杉を知っているかと聞いたのよ」

弥八は黙っておみつの口許を見つめ、時々まくわ瓜を口に入れてやっていた。

「お杉ちゃん、あたしと同い年でよく知っているから、はいと答えたの。そしたら怪我をしてお屋敷に運んだから、知り合いなら様子を見てくれないかと言ったの……騙されたとわかったのはお屋敷に行ってから」

「いいんだ、おみつ。何も喋らなくても」

弥八は気を遣って言った。

「あたし、もちろん泣いて嫌やだってわめいたのよ。帰してって」

「いいんだ、おみつ」

弥八は声を荒らげておみつを制した。

「言い訳しているんじゃないのよ。弥八さんに聞いてほしいのよ」

「聞きたくねェ……」

「あたしの本当の気持ちも？」

弥八は真顔になっておみつを見つめた。

「お屋敷には六人もかどわかされた娘がいたわ。もちろん、お杉ちゃんもいた。お杉ちゃん、あたしに言ったの。ここにいると、ご馳走が食べられて楽しいことばかりだからって」

「おみつ、そいつァ、いけねェ考えなんだぜ」

弥八は諭すように言った。

「わかっているわ。でもお殿様も気の病で可哀想だったから、居続けてしまったのよ。あそこにいた時、帰りたいかと聞かれたら、あたし、よくわからないと答えたと思う」

「………」

弥八は何も言わず俯いている。

「だけど弥八さんがあたしを呼んでいた。おみつ、お前の居場所はそこじゃないって。あたしにはそんなふうに聞こえたのよ」

「………」

「お殿様は世間の噂になっているような人じゃなかったのよ。ただ、あたし達が遊んで笑い合っているのを喜んでいただけなの。でも、そんなこと言っても誰も信じない。何を言っても言い訳になるから、あたしは黙っていたのよ」

「おみつ、湯屋のお内儀さんは嫌やか？」

弥八は唐突におみつに訊いた。

「え？」

おみつは呑み込めない顔で弥八を見た。

「知ってるだろ？　おいら、親父の養子になったんだぜ。親父には子供がいなかったからよ。末は松の湯のご主人様よ」

「………」

「毎日、湯に入れるんだぜ」

「………」

「だが、おみつはおいらなんて頼りにならねェから嫌やなんだろ？」

おみつは返事ができなかった。何んと答えていいかわからなかった。

「嫌やでもいいんだ。嫌やでもおいらの気持ちは変わらねェ。ずっと変わらねェ……」

まくわ瓜がもう一つ。

「留蔵親分の子供なら弥八さんも岡っ引きをするのね」

おみつはようやく口を開いた。

「ああ。親父の家は代々、十手を預かっていた家だからな、おいらもそのつもりだが」

それがいけないのかと弥八の顔が訊いている。

「兄さんは不破様の御用をやめたのでしょう?」

「さて、そいつはどうかな。おいらの勘じゃ、またぞろ始めるような気がする。この度のお前ェのことについては不破の旦那の言うことは聞いていたからよ。兄ィは小者としての腕がいい。八丁堀の旦那が放って置く手はねェ」

「親分になったら兄さんを助けてくれる?」

「当たり前ェだ。それでなくてもおいら、兄ィには恩があるしよ。おいら……兄ィの銭を盗んだんだ」

弥八の言葉におみつの眼が大きく見開かれた。

「だが兄ィは許してくれた。恩返しをしねェとな」

弥八は天井を仰いで呟くように言った。

「あたしは兄さんと姉さんのことが心配で」

「あの二人は大丈夫だ。それより手前ェのことを考えな。これからどうするのか」

「わからない……」

弥八は自分もまくわ瓜のひと切れを口に入れ「うん、やっぱり甘いな」と独り言のように言った。おみつは俯いている。弥八はまくわ瓜を少し強引におみつの口に放り入れた。おみつは俯いたままそれを噛み締めていた。

「おみつ、湯屋の嫁さんになってくれよ。いずれは弥八親分の女房でよ……」

おみつは弥八の顔をまともに見ることができなかった。頰張ったまくわ瓜の果汁が口一杯に拡がっている。ようやく飲み下すと、弥八はそれを肯いたと取ったのか、包丁を下に置き、おみつの肩に手を伸ばした。おずおずと遠慮のある手の掛け方だ。おみつは逆らわなかった。

「あんなことがあったあたしなのに……」

「言ったろ？　おいら、ずっと変わらねェって。何があっても変わらねェよ。約束する」

弥八の声がくぐもった。熱い吐息が感じられる。おみつは瞳を閉じた。弥八の手に力が加わり、ぐっと引き寄せられた。生暖かい唇がおみつの唇に重ねられた。人の唇は汚いと思っていたが、おみつはその時、少しもそうは思わなかった。胸がきゅんと音がするほど痛い。

「弥八、そろそろ帰るよう。おみつ、蛤町にはいつ戻って来てくれるんだえ？　ちょいと、返事をしないか。何をしている。もう、日が暮れちまう」

お文が階下から苛立った声を上げた。弥八とおみつはうっとりと身じろぎもしない。

今しもお文が梯子段を上って来る様子である。

何事もないふうに繕わなければならない。

そう思いながら、おみつはこの至福の刻《とき》が永遠に続けばいいと心底願っていた。


佐賀町の帰り、三人は門前仲町の鰻屋で晩飯を摂《と》った。下戸《げこ》の伊三次にお構いなく、お文は銚子を取って弥八と酒を酌《く》み交わした。

伊三次は鰻重を掻き込みながら、そんな二人を苦笑混じりに見ていた。

弥八はお文の家でひと休みしてから京橋に戻るという。鰻屋を出てから三人は摩利支天横丁を通った。

喜久壽の家から三味線の音色が聞こえた。

「ああ、姐さんだ。姐さんも今夜はお座敷が休みだったんだねえ」

お文は二階の仄《ほの》灯りを見上げて言った。「黒髪《くろかみ》」という音曲が流れていた。初心者がよくさらうものである。

「どうして姐さんの三味はあんなにいい音が出せるんだろう」

お文は何度も呟いた言葉をまた口にした。

ふと、伊三次は三味線に合わせて尺八の音が挟まったのに気づいた。

「あれは緑川の旦那かな」

「さあてね。だが、姐さんの三味に合わせるにしちゃ、まずい音だ。そうかも知れねエ」

「や、やっぱり緑川の旦那と喜久壽は何かあるな。そう思わねェか？」

意気込んで言った伊三次に「金棒引《かなぼうひ》きが」とお文が笑った。

弥八は二人に構わず、ぼうっと熱に浮かされたような顔をしている。通りに沿った仕《し》舞屋《もた》の黒板塀を歩きながら手でなぞっていた。

おみつのことでも考えているのだろう。

薄闇の空に木地蠟《きじろぬ》塗りの盆のような月が昇って、横丁の狭い通りを青白い光で照らしている。門前仲町の喧噪《けんそう》が背中からざわざわと聞こえるというのに、不思議にそこだけは静かだった。通り過ぎる人もいない。三つの影が細長く伸びている。

毎年巡って来るいつもの夏の夜だった。ひいて言うなら弥八とおみつの新しい恋の始まった夜だ。自分の傍にはお文がいる。そして緑川と喜久壽の奏でる「黒髪」の聞こえる夜でもある。それを倖せと呼ぶには、いささか心許ない。

しかし、伊三次が年老いて、来し方を偲《しの》ぶ時、何気ないこの夜のことが、ふっと脳裏を掠めるのではないか。伊三次は頭上の月を仰ぎながら、そんなことを思っていた。

文庫のためのあとがき

宇江佐真理

「髪結い伊三次捕物余話」を書き続けて六年が経過した。その間に単行本が三冊で文庫は本書を入れて二冊になった。まことにありがたいことである。

私の中では、まだ六年という気持ちと、もう六年という気持ちが複雑に交錯している。私は未だ新人の小説書きのつもりでいるが、若くフレッシュな才能が次々と現れるので、うかうかしてもいられない。彼等に負けないように骨のある作品を書かねばと己れを励ますも、齢《よわい》五十を過ぎればあちこちに不調が出て、頼みの綱の眼はすでに老人性白内障の兆候があり、記憶力の減退も著しい。

もはや、あの手も遣い、この手も遣い、文字通り、これからは無から有を造り出さねばならない状況である。四十二・一九五キロのフルマラソンにたとえれば、ちょうど三十キロを過ぎた辺りで一番苦しい時を迎えているのである。まだ早いって？　いやいや、私は一つのゴールを六十歳と考えているので、これぐらいの気持ちでいるのが妥当なのである。

六十歳を過ぎてまだ余力があれば、それはおまけ。そう言うと編集者は旺盛な執筆能力を誇る熟年の先輩作家の名を出して檄《げき》を飛ばす。あの方達《かたたち》をごらんなさいと。あの方達は特別なのだと私は思っている。私は人並みに年を取り、人並みの婆《ばあ》さんになるつもりだから編集者の言葉は信じないのである。

しかし、髪結い伊三次のシリーズは編集者がもう要《い》らぬと言わない限り、書かせていただくつもりである。私は伊三次とともに現れた小説家なので、伊三次とともに自分の幕引きもしたいと考えている。それが今のところ私のささやかな覚悟である。

さて本書『紫紺のつばめ』は髪結い伊三次捕物余話シリーズの第二弾としてまとめたものである。このシリーズのねらいは「変化」にある。結果、第一話の「紫紺のつばめ」では伊三次とお文の突然の別れがあり、第二話の「ひで」においては伊三次の幼なじみの死があり、第三話の「菜の花の戦《そよ》ぐ岸辺」で伊三次は人殺しの疑いを掛けられ、第四話の「鳥瞰図」では同心、不破友之進の妻であるいなみの敵討ちを扱い、第五話の「摩利支天横丁の月」では、お文の家の女中をしているおみつと下っ引きの弥八の恋に事件を絡《から》ませるという、まことに忙しいことになってしまった。

この中で「ひで」について一言《ひとこと》申し上げたい。伊三次の幼なじみ日出吉は板前をしていた男であるが、大工の娘と一緒になるために板前の仕事を捨てて大工の徒弟に入るのである。娘の父親が大工でなければ娘との結婚を許さないと言ったからである。

マー君《くん》は函館の老舗《しにせ》のレストランでコックの修業をしていた。マー君は交際している彼女がいて、いずれ結婚したいと考えていた。

まだコックとしては下《した》っ端《ぱ》だけれど、真面目に働くマー君の態度にレストランの料理長も目を掛けていたという。お給料は少なかったけれどマー君は彼女と結婚しても暮してゆける自信があったので決心して彼女の父親に結婚を許して貰いに行った。父親は間髪を容《い》れず駄目だと応えた。マー君の職業がお気に召さなかった様子である。彼女は一人娘だった。父親は家を継いでくれる大工さんと娘さんを一緒にさせたかったのである。何ほど説得しても父親は首を縦に振らなかった。

どうしてもというのなら、コックをやめて大工になれと、ついに父親は言ったそうだ。それはマー君に娘さんを諦《あきら》めさせるためだったのか、それとも心底、そう思って言ったのかわからない。

彼女を諦め切れないマー君はついにコックをやめて大工の見習いになるのである。彼女と結婚できてマー君は嬉しかったけれど、勝手の違う仕事は辛かった。義父となった男は遠慮会釈もなくマー君に怒鳴り散らした。

函館の郊外の現場で仕事をした時、マー君はしくじりをして義父に叱られた。工期が迫って義父はいらいらしていたのだろう。

お前など要らない、帰れ、義父は口汚く罵《ののし》った。帰れと言われたところでマー君には足がない。現場には義父の車に乗せられて通《かよ》っていたからだ。しかし、マー君はそこにいても埒《らち》が明《あ》かないと察して歩いて帰ろうと思った。国道を函館に向けてとぼとぼと歩いている内に雨まで降ってきた。マー君は情けなくて涙がこぼれた。ちょうど車で通り掛かった顔見知りの電機屋さんがマー君に気づいて乗せてくれたが、電機屋さんはマー君が気の毒だと、後で周りの者に洩《も》らしていたそうだ。

私はマー君に会ったことはない。マー君はその後、小説に書いた通り、腎臓の病気で亡くなってしまったからだ。それでも、国道を雨に濡れながら歩くマー君の姿が見えるような気がした。この話を聞いた私は、すぐに「ひで」を書こうと思った。雨に濡れたマー君の背中には書くべきものが充分にあった。

解説

中村橋之助

一九九九年四月から、「髪結い伊三次」というタイトルでテレビドラマが放映された時、主役の伊三次を演らせていただきました。もう二年前になるんですね。たしか一月に舞台が終わって、二月から三ヵ月間、朝から晩まで撮ってました。ちょうど寒い時期でしたから、着物の裾が端から凍ってたのを覚えています（笑）。途中、風邪をひいて熱が下がらないなんてこともありましたけど、ともかく僕はこの作品が本当に好きでしたから。自分からも積極的に撮影のアイデアを出して、伊三次になりきってやりました。

ドラマの最終回は「菜の花の戦《そよ》ぐ岸辺」でした。伊三次が殺しの嫌疑をかけられて、大番屋でせっかんされるシーンなんか、思い出深いですねえ（笑）。宙吊りにされたし、背中に焼きごてをあてられたりもしました。そうそう、これは裏話になってしまいますが、その時は、豚肉を買ってきて背中に張りつけてね。そこにほんとに焼けた棒を押しあてたら、ジューッと火が上がって、鬘《かつら》の毛も焼けて、ものすごく迫力のあるシーンが撮れたんです。でも、あんまり残酷すぎるってことで放映できなかったんですけど（笑）。恋人のお文ちゃんは涼風真世さん、不破友之進は村上弘明さん、不破の妻のいなみは伊藤かずえさんでした。いつも女物の着物を着てる弥八は山田純大くん。彼は英語の方が達者なもんですから、台本も全部一度英語で「ヘイ、イサ！」なんて英訳してたのを覚えてますね（笑）。とにかく、スタッフも役者も皆この作品が好きだったので、「一話一時間じゃ短すぎる。作品の良さを出すには二時間は欲しい」なんてことをよく話していました。この『紫紺のつばめ』の作品も「ひで」以外は全て撮りましたね。印象深いのは、やはり最終回と、あとは「備後表」（『幻の声』所収）でしょうか。本当に、しみじみしたいいお話でした。あれは姫路城で撮ったんですが、お婆さん役の杉山とく子さんと、火野正平さんが素晴らしくて、忘れられません。

一番心がけていたことは、江戸の庶民の暮らしの生活感、匂いを丁寧に表現することでしょうか。これは歌舞伎でもとても重要なことなんです。伊三次の暮らす長屋の感触、暮らしの細部を、伊三次というどこにでもいる男を通して見ている人に感じてもらいたいと思ってました。宇江佐先生も、江戸っ子への憧れを強烈に持っていらっしゃいますから、その辺は細心の神経を使ってやりました。

宇江佐先生とはじめてお会いしたのは、京都の撮影所でした。たしか、「赤い闇」

(『幻の声』所収)のセットにいらっしゃって、その時宇江佐先生、感動なさっててね。セットだとか撮影風景を見て、「私の書いたものがドラマになった!」ってすごく喜んでるお姿は、まるで子供が懸賞に当たって喜んでるみたい……いや、もっとかな（笑）。それで、僕と涼風さんの間に入っていただいて写真撮ったら、真っ赤になっちゃって。すごくかわいい方です。それ以来、幾度か御食事もご一緒させていただきましたけど、お話ししていても、どこかやんちゃな感じでね。楽しむことが好きでいらっしゃるし、なんか僕はガールフレンドといるみたいに楽しいんですよ。僕は宇江佐先生……先生っていうと怒られるんだった（笑）。宇江佐さんを見てると、「枠があるから型破り」っていう言葉を思い出します。根が真面目な人だからこそ、やんちゃができる。伊三次には、宇江佐さんの心の中にある、真面目ゆえのかわいらしさが出ていると思いますね。ドラマを見た方から、伊三次の人懐っこい、男のかわいらしさを誉めていただくこともあったんですが、それはやはり、宇江佐さんご自身が「男はかわいいものだ」っていうふうに思ってらっしゃいますから。こんなこと言うと怒られちゃうかもしれないけど、宇江佐さんのご主人も、お話聞くとかわいい人なんです（笑）。旦那さんとの実生活には、すごく微笑ましくて面白いエピソードがたくさんありまして、そんなお話も結構、伊三次とお文の場面を演じる上でヒントにさせていただきました（笑）。

僕ね、秘かにドラマの中で宇江佐さんにプレゼントをしたんです。これはご本人にはお話ししてなかったと思いますけど。「髪結い伊三次」という作品を書くきっかけになったのは、歌舞伎の「髪結新三」をご覧になったことだそうで、その時新三を演ったのが、中村勘九郎。宇江佐さん、勘九郎兄貴の舞台見て、「なんていい男だろう、これを本に描けないかしら」と思ったんですって。だから僕、兄貴に頼んで、伊三次のドラマに出演してもらったんです。最終回の「菜の花の戦ぐ岸辺」で伊三次が舟に乗るでしょ、その船頭さんになってもらったんです。汚い格好させて（笑）。そのかわり僕は、その時兄貴がやってた「元禄繚乱」の最終回に、小僧の役で出演しました（笑）。

最初から原作を忠実に読むと、イメージが縛られて苦しくなってしまうんで、演じながら、台本と照らし合わせて読みました。原作では、伊三次っていうのは、「自分の力でやるからほっといてくれ」といって、頑に意地を通す真面目な男ということになってます。でも、僕は伊三次って、そういう真面目なところばかりじゃなくて、人間として、束縛されるのが嫌だったんだと思うんです。世の中はもっともっと自由なもんだ、自由だからこそ寂しかったり辛かったり、怒ったり笑ったりできる、そういうふうに感じている男だと。とにかく〝自由〟が一番大事。

伊三次って、いろんな所に出かけてはいろんな人と話をするでしょう。髪結いをしている時、内偵してる時、そしてお文と一緒の時、それぞれ全然違った会話を楽しんでますよね。僕はこのドラマをやるとき、伊三次を「会話のできる男」という捉え方をしてましたけど、そんな風に会話がたくさんできるっていうのは、自由だから。髪結いの立場と視点にこだわるのも、その方が多くの情報が入ってくるから。お文とも、今の友達の延長線上の関係の方が言いたいことを言い合えるじゃないですか。そういうこだわりが伊三次の核だと思います。

伊三次という男の中には、既存の世の中への反抗心みたいなものがあるでしょう。世の中の道徳で裁ききれない悩み、心の痛み、そして怒りを持っている。だから僕はこの作品が大好きなんです。時代劇は勧善懲悪の方が見やすくていいんでしょうけれど。伊三次は、人間のロマンを持っているんです。大きなこと言っちゃいけないかな（笑）。

今、時代劇自体がだんだん少なくなっていくなかで、こんな作品があるのはすごくホッとするんですよ。この作品は、なんていうのかな、今の世の中でふだんは忘れられてるんだけど、時々ひとが自分の実家のあたりに戻ると、昔の風景が甦ってきてぱーっと子供の頃のことを思い出したり、今の自分はこれでいいのかなとふと心の形を確認したりする、そういうものだと思います。だから、僕にとっても、ふだんは新しい場所に行ったりちょっと違うことに挑戦したりして、役者にとってはそういうこともすごく必要なんだけど、時々この場所に戻って、自分の心を見つめなおすわけです。きっと、カウンセリングを受けることなんかに似てるんじゃないかな。小さい頃はどうでしたか、とかそういう……。

人間って、よく十代とか二十代に戻りたいと言いますけど、あれは絶対きれいごと。僕なんて、十代二十代の頃になんて辛くて絶対戻りたくありません。でも、その頃のことを思い浮かべるとホッとする。僕にとって「髪結い伊三次」は、ふるさとのような作品です。とにかく、また是非ドラマでこの続きをやりたいものです。いずれ、歌舞伎でもできたらいいですね。

（歌舞伎俳優）

単行本　一九九九年二月　文藝春秋刊

文春文庫

紫紺《しこん》のつばめ
髪結《かみゆ》い伊三次捕物余話《いさじとりものよわ》

定価はカバーに
表示してあります

2002年1月10日　第1刷
2011年6月25日　第14刷

著　者　宇江佐真理《うえざまり》

発行者　村上和宏
発行所　株式会社　文藝春秋

東京都千代田区紀尾井町3-23　〒102-8008
TEL 03・3265・1211
文藝春秋ホームページ　http://www.bunshun.co.jp
落丁、乱丁本は、お手数ですが小社製作部宛お送り下さい。送料小社負担でお取替致します。

印刷・凸版印刷　製本・加藤製本

Printed in Japan
ISBN978-4-16-764002-6

宇江佐真理
幻の声
髪結い伊三次捕物余話
町方同心の下で働く伊三次は、事件を追って今日も東奔西走。江戸庶民のきめ細かな人間関係を描き、現代を感じさせる珠玉の五話。選考委員絶賛のオール讀物新人賞受賞作。（常盤新平）
う-11-1

宇江佐真理
紫紺のつばめ
髪結い伊三次捕物余話
伊勢屋忠兵衛からの申し出に揺れるお文。伊三次との心の隙間は広がるばかり。そんな時、伊三次に殺しの嫌疑が。法では裁けぬ人の心を描く人気捕物帖、波瀾の第二弾。（中村橋之助）
う-11-2

宇江佐真理
余寒の雪
女剣士として身を立てることを夢見る知佐は、江戸で何かを見つけることができるのか。武士から町人まで人情を細やかに描く七篇。中山義秀文学賞受賞の傑作時代小説集。（中村彰彦）
う-11-4

宇江佐真理
桜花《さくら》を見た
隠し子の英助が父に願い出たこととは。刺青判官遠山景元と落し胤《だね》との生涯一度の出会いを描いた表題作ほか、蠣崎波響など実在の人物に材をとった時代小説集。（山本博文）
う-11-7

宇江佐真理
蝦夷拾遺　たば風
幕末の激動期、蝦夷松前藩を舞台にし、探検家・最上徳内など蝦夷の地で懸命に生きる男と女の姿を描く。函館在住の著者が郷土愛を込めて描いた、珠玉の六つの短篇集。（蜂谷　涼）
う-11-9

宇江佐真理
雨を見たか
髪結い伊三次捕物余話
伊三次とお文の気がかりは、少々気弱なひとり息子、伊与太の成長。一方、不破友之進の長男・龍之進は、町方同心見習いとして「本所無頼派」の探索に奔走する。シリーズ最新作。（末國善己）
う-11-10

宇江佐真理
大江戸怪奇譚
ひとつ灯せ
ほんとうにあった怖い話を披露しあう「話の会」。その魅力に取り憑かれたご隠居の身辺に奇妙な出来事が……。老境の哀愁と世の奇怪が絡み合う、宇江佐真理版「百物語」。（細谷正充）
う-11-11

（　）内は解説者。品切の節はご容赦下さい。

海老沢泰久
青い空　幕末キリシタン類族伝（上下）
幕末期を生きたキリシタン類族の青年の、あまりにも数奇な運命。数多くの研究書・史料を駆使し、「日本はなぜ神のいない国になったのか」を問いかける傑作時代小説。（高山文彦）
え-4-12

逢坂　剛
道連れ彦輔
なりは素浪人だが、歴とした御家人の三男坊・鹿角彦輔。彦輔に道連れの仕事を見つけてくる藤八、蹴鞠上手のけちな金貸し・鞠婆など、個性豊かな面々が大活躍の傑作時代小説。（井家上隆幸）
お-13-13

乙川優三郎
椿山
城下の子弟が集う私塾で知った身分の不条理、恋と友情の軋み。下級武士の子・才次郎は、ある決意を固める。生きることの切なさを清冽に描く表題作など、珠玉の全四篇を収録。（縄田一男）
お-27-1

乙川優三郎
生きる
亡き藩主への忠誠を示す「追腹」を禁じられ、白眼視されながら生き続ける初老の武士。懊悩の果てに得る人間の強さを格調高く描いた感動の直木賞受賞作など、全三篇を収録。（縄田一男）
お-27-2

乙川優三郎
冬の標《しるべ》
維新前夜。封建の世のあらゆるしがらみを乗り越えて、南画の世界に打ち込んだ一人の武家の女性。真の自由を求めて葛藤し成長する姿を描ききった感動の長篇時代小説。（川本三郎）
お-27-3

海音寺潮五郎
剣と笛　歴史小説傑作集
著者が世を去って四半世紀。残された幾多の短篇小説の中から、選りすぐった傑作を再編集。加賀・前田家二代目利長と家臣たちの姿を描く「大聖寺伽羅」「老狐物語」など珠玉の歴史短篇集。
か-2-40

海音寺潮五郎
戦国風流武士　前田慶次郎
戦国一の傾き者、前田慶次郎。前田利家の甥として幾多の合戦で武功を挙げる一方、本阿弥光悦と茶の湯や伊勢物語を語る風流人でもあった。そんな快男児の生涯を活写。（磯貝勝太郎）
か-2-42

（　）内は解説者。品切の節はご容赦下さい。

海音寺潮五郎
天と地と（全三冊）
戦国史上最も戦巧者であり、いまなお語り継がれる武将・上杉謙信。遠国の越後でなければ天下を取ったといわれた男の半生と、宿敵・武田信玄との数度に亘る川中島の合戦を活写する。
か-2-43

海音寺潮五郎
日本名城伝
各地の城にまつわる興味深い史話を著者の史眼で再構成。熊本、高知、姫路、大阪、岐阜、名古屋、富山、小田原、江戸、会津若松、仙台、五稜郭の十二城を収録。（山本兼一）
か-2-47

海音寺潮五郎
悪人列伝　近世篇
日野富子、松永久秀、陶晴賢、宇喜多直家、松平忠直、徳川綱吉。綱吉は賢く気性も優れていながら、五代将軍となったが故に、後世の誹《そし》りを受ける。人間分析がみごと。（岩井三四二）
か-2-50

海音寺潮五郎
寺田屋騒動
幕末、伏見の寺田屋。長州と手を携え、クーデターを謀る薩摩誠忠組の動きに激怒した藩父久光は使者を送り、暴挙を中止させようと試みるも、遂に朋友相討つ惨劇が起きる。（磯貝勝太郎）
か-2-52

海音寺潮五郎
武将列伝　戦国爛熟篇
夢を摑んだ徳川家康、見果てぬ夢を見た明智光秀、御家再興を夢見た山中鹿之介、天下統一を秀吉に託した竹中半兵衛など、戦国の世を駆け抜けた七人の武将が登場する。
か-2-55

加藤　廣
信長の棺（上下）
消えた信長の遺骸、秀吉の中国大返し、桶狭間山の秘策——。丹波を訪れた太田牛一は、阿弥陀寺、本能寺、丹波を結ぶ〝闇の真相〟を知る。傑作長篇歴史ミステリー。（縄田一男）
か-39-1

加藤　廣
秀吉の枷（全三冊）
「覇王（信長）を討つべし！」　竹中半兵衛が秀吉に授けた天下取りの秘策。異能集団〈山の民〉を伴い天下統一を成し遂げ、そして病に倒れるまでを描く加藤版「太閤記」。（雨宮由希夫）
か-39-3

（　）内は解説者。品切の節はご容赦下さい。

風野真知雄
耳袋秘帖
妖談うしろ猫
名奉行根岸肥前守のもとに、伝次郎が殺されたとの知らせが入る。下手人と目される男は「かのち」の書き置きを残して、失踪していた。江戸の怪を解き明かす「耳袋秘帖」新シリーズ第一弾。
か-46-1

北方謙三
杖下《じょうか》に死す
剣豪・光武利之が、私塾を主宰する大塩平八郎の息子、格之助と出会ったとき、物語は動き始める。幕末前夜の商都・大坂を舞台に至高の剣と男の友情を描ききった歴史小説。（末國善己）
き-7-10

北原亞以子
恋忘れ草
女浄瑠璃、手習いの師匠、料理屋の女将など江戸の町を彩るキャリアウーマンたちの心模様を描く直木賞受賞作。表題作の他、「恋風」「男の八分」「後姿」「恋知らず」など全六篇。（藤田昌司）
き-16-1

北原亞以子
昨日の恋
爽太捕物帖
鰻屋「十三川」の若旦那爽太には、同心朝田主馬から十手を預かるという別の顔があった。表題作のほか「おろくの恋」「雲間の出来事」「残り火」「終りのない階段」など全七篇。（細谷正充）
き-16-2

北原亞以子
埋もれ火
去っていった男、残された女。維新後も龍馬の妻として生きたお龍。三味線を抱いて高杉晋作の墓守を続けるうの。幕末の世を駆け抜けて行った志士を愛した女たちの胸に燻る恋心の行く末。
き-16-4

北原亞以子
妻恋坂
人妻、料理屋の女将、私娼、大店の旦那の囲われ者、居酒屋の女主人など、江戸の世を懸命に生きる女たちの哀しさ、痛ましさを艶やかに描いた著者会心の短篇全八作を収録。（竹内　誠）
き-16-5

北　重人
夏の椿
柏木屋が怪しい。田沼意次から松平定信へ替わる頃、甥の定次郎が殺された原因を探る周乃介の周囲で不穏な動きが――。確かな時代考証で江戸の長屋の人々を巧みに描く。（池上冬樹）
き-27-1

（　）内は解説者。品切の節はご容赦下さい。

北　重人
蒼火《あおび》

江戸で相次ぐ商人殺し。彼らは皆、死の直前にまもなく大きな商いが出来そうだと話していた。何かに取り憑かれたように人を殺《あや》め続ける下手人とは。大藪春彦賞受賞作。（縄田一男）

き-27-2

北　重人
白疾風《しろはやち》

金鉱脈に、埋蔵金？　武蔵野の谷にひっそりと暮らす村をめぐって、風魔などが跳梁する。昔、伊賀の忍びとして活躍した三郎は、自分の村を守るため村人と共に闘う。（池上冬樹）

き-27-3

黒岩重吾
落日の王子　蘇我入鹿（上下）

政治的支配者・皇帝と、祭祀の支配者・大王の権威を併せもつ地位への野望に燃える蘇我入鹿が、大化の改新のクーデターに敗れ去るまでを克明に活写する著者会心の大作。（尾崎秀樹）

く-1-19

黒岩重吾
聖徳太子　日と影の王子（全四冊）

恋にあこがれ、政争を忌みながらも、大臣蘇我馬子の圧力をはねのけつつ着々と理想国家建設にはげむ厩戸皇子。その赤裸の実像を雄大なスケールで描く古代史小説の白眉。（尾崎秀樹）

く-1-23

黒岩重吾
鬼道《きどう》の女王　卑弥呼（上下）

中国から帰還した倭人の首長の娘ヒミコは、神託を受け乱世の倭国の統一に乗り出した。「鬼道《きどう》に事《つか》え、能《よ》く衆《たみ》を惑わす」謎の女王の生涯を通して、古代史を鮮やかに描きだす。（清原康正）

く-1-33

黒岩重吾
ワカタケル大王（上下）

五世紀後半の倭《わ》国を舞台に、武力と情報戦略をもって反対勢力の豪族らを滅ぼし、中央集権国家を築いた英雄ワカタケル大王の波乱の生涯を描く黒岩古代史ロマン文学の傑作。（重里徹也）

く-1-36

久世光彦
逃げ水半次無用帖

幻の母よ、何処？　過去を引きずり、色気と憂いに満ちた絵馬師・逃げ水半次が、岡っ引きの娘のお小夜と挑む難事件はどれも哀しく、美しい。江戸情緒あふれる傑作捕物帖！（皆川博子）

く-17-3

（　）内は解説者。品切の節はご容赦下さい。

五味康祐
剣法奥儀
剣豪小説傑作選
武芸の各流派には、それぞれ奥儀の太刀がある。美貌の女剣士、僧門の剣客などが激突。太刀合せ知恵比べが展開された各流剣の秘術創始にかかわる戦慄のドラマを流麗に描破。（荒山　徹）
こ-9-12

五味康祐
柳生武芸帳（上下）
散逸した三巻からなる「柳生武芸帳」の行方を巡り、柳生但馬守宗矩たちと、長年敵対関係にある陰流・山田浮月斎一派が繰り広げる死闘、激闘。これぞ剣豪小説の醍醐味！（秋山　駿）
こ-9-13

堺屋太一
豊臣秀長
ある補佐役の生涯（上下）
豊臣秀吉の弟秀長は常に脇役に徹したまれにみる有能な補佐役であった。激動の戦国時代にあって天下人にのし上がる秀吉を支えた男の生涯を描いた異色の歴史長篇。（小林陽太郎）
さ-1-14

佐木隆三
小説　大逆事件
明治四十三年、明治天皇の暗殺を企てたとして政府は大量の社会主義者を検挙、翌年幸徳秋水を含む十二名を「大逆罪」で処刑した。新資料を駆使し著者が事件の闇に鋭く迫る。（朝倉喬司）
さ-4-15

佐藤雅美
八州廻り桑山十兵衛
関八州の悪党者を取り締まる八州廻りの桑山十兵衛は男やもめ。事件を追って奔走するなか、十兵衛が行きついた、亡き妻の意外な密通相手、娘の真の父親とは——。（寺田　博）
さ-28-1

佐藤雅美
官僚川路聖謨の生涯
川路《かわじ》聖謨《としあきら》
幕末——時代はこの男を必要とした。御家人の養子という底辺から勘定奉行にまで昇りつめ、幕末外交史上に燦然とその名を残した男の厳しい自律と波瀾の人生を描いた渾身の歴史長篇。
さ-28-2

佐藤雅美
縮尻《しくじり》鏡三郎（上下）
有能であるが故に勘定方から仮牢兼調所でもある大番屋の元締に左遷された鏡三郎が、侍から町人、果ては将軍から持ち込まれる難問を次々と解決。江戸の暮らしぶりを情感豊かに描く。
さ-28-5

冬の蟬
杉本苑子
赤貧洗うがごとき貧乏旗本に、娘の縁談とわが身の昇進話が飛び込んできた！　表題作ほか、はなやかで無情な町、江戸に生きる人々の哀歓を描いた粒揃いの全八篇を収録。（山村正夫）
す-1-29

杉本章子
おすず　信太郎人情始末帖
おすずという許嫁がありながら、子持ちの後家と深みにはまり呉服太物店を勘当された信太郎。その後賊に辱められ自害したおすずの無念を晴らすため、信太郎は賊を追う。（細谷正充）
す-6-7

杉本章子
間諜　洋妾《らしやめん》おむら（上下）
生麦事件に揺れる幕末。売れっ子芸者のおむらは薩摩藩士の恋人のために洋妾《らしやめん》となり、英国公使館に潜入した。果しておむらは間諜（＝スパイ）として英国の動向を探ることができるのか？
す-6-9

杉本章子
火喰鳥　信太郎人情始末帖
河原崎座が火事に！　恩人を助けるために火の中に飛び込んだ信太郎は目が見えなくなってしまった。美濃屋の主人となった信太郎を助けるためにおぬいは大決心をする。（村田喜代子）
す-6-13

田辺聖子
王朝《おうちよう》懶夢譚《らんむたん》
内大臣の姫君・月冴に恋と冒険の季節が訪れた。小天狗の外道丸の助けを借り、医師の麻刈と語らい、東国男の晴季を誘惑し、美貌の弾正宮にときめき……ついに姫が手にした恋の結末は？
た-3-39

高橋克彦
だましゑ歌麿
江戸を高波が襲った夜、当代きっての絵師・歌麿の女房が殺された。事件の真相を追う同心・仙波の前に明らかとなる黒幕の正体と、あまりに意外な歌麿のもう一つの顔とは？（寺田　博）
た-26-7

高橋克彦
おこう紅絵暦《べにえごよみ》
筆頭与力の妻にして元柳橋芸者のおこうが、嫁に優しい舅の左門とコンビを組んで、江戸を騒がす難事件に挑む。巧みなプロットと心あたたまる読後感は、これぞ捕物帖の真骨頂。（諸田玲子）
た-26-9
（　）内は解説者。品切の節はご容赦下さい。

（　）内は解説者。品切の節はご容赦下さい。

津本　陽
薩摩夜叉雛《やしゃびな》
薩摩藩の剣豪隠密・赤星速水《はやみ》は西郷隆盛の密命を受け、女密偵・以登とともに横浜へひた走る。北辰一刀流の名手の軌跡と幕末の薩摩藩経済の秘密を描く剣豪小説の決定版。（磯田道史）
つ-4-58

津本　陽
名をこそ惜しめ
硫黄島　魂の記録
戦史上、未曾有の激戦地となった硫黄島。地面からガスが噴きだす苛烈なこの島で、日本兵はどう戦い、どう散ったのか。「日本人とは何か」を問う、著者渾身の戦記小説。（笹　幸恵）
つ-4-59

出久根達郎
安政大変
幕末の江戸。安政の大地震をめぐり、ナマズで一儲けしようとする小悪党、夜鷹に思いをよせる井戸掘り職人、逼迫した攘夷の志士など庶民の悲喜劇と人情の交錯を描く連作。（山本博文）
て-5-9

東郷　隆
戦国名刀伝
無類の刀剣好きだった太閤秀吉は、権力にあかせて国中の名刀を手中にした。なかに「にっかり」という奇妙な名で呼ばれた一腰があった……。戦国名将と名刀をめぐる奇譚八篇を収録。
と-13-3

東郷　隆
黒髪の太刀
戦国姫武者列伝
戦いは男たちの専売特許で、女たちは弱者と信じられていた昔々。女だてらに、甲冑を着込み、兵たちを叱咤し、城を守り、敵と切り結んだ姫君がいた。六人の姫武者見参！（細谷正充）
と-13-4

永井路子
炎環
辺境であった東国にひとつの灯がともった。源頼朝の挙兵、それはまたたくまに関東の野をおおい、鎌倉幕府が成立した。武士たちの情熱と野望。直木賞受賞の記念碑的名作。（進藤純孝）
な-2-3

永井路子
美貌の女帝
その身を犠牲にしてまで元正女帝を政治につき動かしたものは何か。二百の乱から平城京へと都が遷る激動の時代、皇位を巡る骨肉の争いにかくされた謎に挑む長篇。（磯貝勝太郎）
な-2-17

（　）内は解説者。品切の節はご容赦下さい。

永井路子
北条政子
伊豆の豪族北条時政の娘に生まれ、流人源頼朝に遅い恋をした政子。やがて夫は平家への反旗を翻す。歴史の激流にもまれつつ乱世を生きた女の人生の哀歓。歴史長篇の名作。（清原康正）
な-2-21

永井路子
流星　お市の方（上下）
生き抜くためには親子兄弟でさえ争わねばならなかった戦国の世。天下を狙う兄・信長と最愛の夫・浅井長政との日々加速する抗争のはざまに立ち、お市の方は激しく厳しい運命を生きた。
な-2-43

南條範夫
おのれ筑前、我敗れたり
斎藤道三、滝川一益、石田三成まで総勢十二将、いずれ乱世に天下を逃した者たち。彼らを敗者となした判断、明暗を分けた瞬間とは？　該博な筆が看破する戦国「敗北の記録」。（水口義朗）
な-6-19

南條範夫
大名廃絶録
武家として御家断絶以上の悲劇はあるだろうか。関ヶ原役以後、幕府によって除封削封された大名家の数はなんと二百四十を数える。代表的な十二の大名家の悲史を描く名著。（池上冬樹）
な-6-21

南條範夫
暁の群像　豪商　岩崎弥太郎の生涯（上下）
土佐藩の郷士であった岩崎弥太郎は、いかにして維新の動乱期に政商としてのしあがり三菱財閥の基礎を築いたのか。経済学者でもある著者の本領が発揮された本格時代小説。（加藤　廣）
な-6-22

中村彰彦
二つの山河
大正初め、徳島のドイツ人俘虜収容所で例のない寛容な処遇がなされ、日本人市民と俘虜との交歓が実現した。所長こそサムライと称えられた会津人の生涯を描く直木賞受賞作。（山内昌之）
な-29-3

中村彰彦
名君の碑　保科正之の生涯
二代将軍秀忠の庶子として非運の生を受けながら、足るを知り、傲ることなく、兄である三代将軍家光を陰に陽に支え続け、清らかにこの世に身を処した会津藩主の生涯を描く。（山内昌之）
な-29-5

（　）内は解説者。品切の節はご容赦下さい。

新田次郎
武田三代
戦国時代、天下にその名を轟かせた甲斐の武田家。信虎、信玄、勝頼という三代にまつわる様々なエピソードから、埋もれた事実が明らかになる、哀愁に満ちた時代小説短篇集。（島内景二）
に-1-35

半村　良
暗殺春秋
研ぎ師・勝蔵は剣の師匠・奥山孫右衛門に見込まれて暗殺者の裏稼業を持つようになる。愛用の匕首で次々に悪党を殺すうち次第に幕府の暗闘に巻き込まれ……痛快時代小説。（井家上隆幸）
は-2-15

林　真理子
本朝《ほんちょう》金瓶梅《きんぺいばい》
江戸の札差、西門屋慶左衛門は金持ちの上に女好き。ようじ屋の看板おきんを見初め、妻妾同居を始めるが……。悪女おきん登場！　エロティックで痛快な著者初の時代小説。（島内景二）
は-3-32

蜂谷　涼
螢火
染み抜き屋のつるの元に、今日も訳ありの染みが舞い込む。明治から大正に移り変わる北の街で、消せない過去を抱えた人々が織りなす人間模様。心に染みる連作短篇全五篇。（宇江佐真理）
は-35-1

葉室　麟
銀漢の賦
江戸中期、西国の小藩で同じ道場に通った少年二人。不名誉な死を遂げた父を持つ藩士・源五の友は、いまや名家老に出世していた。彼の窮地を救うために源五は……。（島内景二）
は-36-1

平岩弓枝
水鳥の関（上下）
新居宿の本陣の娘お美也は亡夫の弟と恋に落ち、やがて妊《みごも》るが、愛する男は江戸へ旅立ち、思い余ったお美也は関所破りを試みる。波瀾に満ちた「女の一生」を描く時代長篇。（藤田昌司）
ひ-1-69

平岩弓枝
妖怪
水野忠邦の懐刀として天保の改革に尽力しつつも、改革の頓挫により失脚した鳥居忌耀。〝妖怪〟という異名まで奉られた悪役の実像とは？　官僚という立場を貫いた男の悲劇。（櫻井孝頴）
ひ-1-75

文春文庫　歴史・時代小説

（　）内は解説者。品切の節はご容赦下さい。

森村誠一
悪の狩人
非道人別帳［一］
養父殺しの罪で晒された美貌の娘が闇にまぎれて殺害された。江戸市中に起こる様々な怪事件の奥に見え隠れする巨悪とは？　同心・祖式弦一郎が悪の連鎖に挑む、シリーズ第一作。
も-1-12

森村誠一
毒の鎖
非道人別帳［二］
乳母奉公に上がった女房が年季明けに殺された。下手人探索に当たった弦一郎と半兵衛達は、以前江戸に跳梁し、同心らを嘲笑うかのように権力の陰に消えた辻斬りと再び対決する。
も-1-13

諸田玲子
氷葬
夫の知己ということで泊めた男に凌辱され、激情にかられて男を殺してしまった下級藩士の妻。死体を沈めた沼は氷に閉ざされたが、それは長い悪夢の始まりにすぎなかった。（東　直子）
も-18-1

諸田玲子
あくじゃれ
瓢六捕物帖
知恵と機転を買われて牢から解き放たれた粋な悪党・瓢六と、不承不承お目付役を務める堅物同心・篠崎弥左衛門の凸凹コンビが、難事件解決に活躍する痛快時代劇。（鴨下信一）
も-18-2

諸田玲子
犬吉
「生類憐れみの令」から十年。野良犬を収容する「御囲《おかこい》」を幕府が作った。そこで働く娘・犬吉は一人の侍と出会う。赤穂浪士討入りの興奮冷めやらぬ一夜の事件と恋を描く。（黒鉄ヒロシ）
も-18-3

諸田玲子
奸婦にあらず
井伊直弼の密偵、村山たかの数奇な一生を描いた新田次郎賞受賞作。忍びの者として育ったたかは、内情を探るため接近した井伊直弼と激しい恋に落ちるが……。（高橋千劔破）
も-18-6

森福　都
長安牡丹花異聞
唐の都長安。夜に輝く不思議な牡丹を生みだした少年黄良が、狡猾な宦官を相手に知略を巡らせた狂騒の果ては？　松本清張賞受賞の表題作ほか全六篇。中国奇想小説集。（藤田香織）
も-19-1